벽으로 드나드는 남자

LE PASSE-MURAILLE
by Marcel Aymé

Le passe-muraille-La carte-Le proverbe-Les bottes de sept lieues-L'huissier

Copyright ⓒ Editions Gallimard, 1943
Korean translation copyright ⓒ MUNHAKDONGNE Publishing Corp., 2002
All rights reserved.

This Korean edition is published by arrangement with
Editions Gallimard through Sybille Books Literary Agency, Seoul.

이 책의 한국어판 저작권은 시빌 에이전시를 통해
프랑스 갈리마르 사와 독점 계약한 (주)문학동네에 있습니다.
저작권법에 의해 한국 내에서 보호를 받는 저작물이므로
무단 전재와 무단 복제를 금합니다.

마르셀 에메 Marcel Aymé

프랑스 문학의 희귀한 보석으로 평가받고 있는 짧은 이야기의 거장. 1929년『허기진 자들의 식탁』으로 르노도 상을 수상하며 작가적 명성을 얻었다.『초록빛 암말』『술래잡기 이야기』『트라블랭그』『벽으로 드나드는 남자』 등의 걸작을 남겼다. 익살스럽고 특이한 인물 창조, 간략하면서도 신랄한 이야기 구성, 위트와 아이러니와 역설의 효과적인 배합, 독창적인 패러디로 특유의 익살을 펼치는 유쾌한 작가 마르셀 에메는 기발한 상상력을 바탕으로 현실과 환상을 넘나드는 자신만의 독특한 작품세계를 창조해냈다. 다섯 편의 대표작을 모은『벽으로 드나드는 남자』는 편편이 무릎을 치게 만드는 절묘한 이야기로 우리를 놀라게 하면서 좀체 잊히지 않을 긴 여운을 선사한다.

옮긴이 이세욱

1962년 충북 음성 출생. 서울대 불어교육과와 프랑스 오를레앙 대학에서 불문학을 공부했으며, 현재 전문번역가로 활동중이다.『개미』를 비롯한 베르나르 베르베르의 전 작품, 움베르토 에코의『세상의 바보들에게 웃으면서 화내는 방법』, 르 클레지오의『하늘빛 사람들』, 에릭 오르세나의『두 해 여름』, 알리스 세르키의『프란츠 파농의 초상』등을 우리말로 옮겼다.

그림 선종훈

1961년 전남 광주 출생. 서울대 서양화과를 졸업했다.

벽으로 드나드는 남자

마르셀 에메 지음 | 이세욱 옮김

문학동네

| 차례 |

벽으로 드나드는 남자　7
생존 시간 카드　37
속담　73
칠십 리 장화　101
천국에 간 집달리　155
역자 후기　177

벽으로 드나드는 남자

파리 몽마르트르 오르샹 가 75번지 2호의 4층에 매우 선량한 남자가

살고 있었다. 뒤티유월이라 불리던 그 남자에게는 특이한 능력이 하나

있었다. 마치 열린 문으로 드나들 듯이 아무런 장애를 느끼지 않고

벽을 뚫고 나가는 능력이 바로 그것이었다. 그는 코안경을 끼고 짤막한

검은 턱수염을 기르고 있었다. 등기청의 하급 직원이었던 그는 겨울이면

버스를 타고 통근했고 날씨가 좋은 계절에는 중산모를 쓴 차림으로 걸어서 출퇴근을 했다.

뒤티유월이 자기에게 특별한 능력이 있음을 깨달은 것은 마흔세 살에 막 접어들었을 때였다. 어느 날 밤 그가 자신의 독신자 아파트 현관에 있을 때 갑자기 전기가 나갔다. 그는 어둠 속에서 잠시 벽을 더듬거렸다. 전기가 다시 들어왔을 때 그는 자기가 4층의 층계참에 나와 있음을 알아차렸다. 현관문은 안으로 잠겨 있었으므로 그가 문으로 나오지 않은 것은 분명했다. 그렇다면 어떻게 이런 일이 생겼을까 하고 곰곰이 생각하다가 그는 이성의 질책에도 아랑곳하지 않고 자기가 정말 벽을 통해 나왔는지를 알아보기로 했다. 아닌게아니라 그는 집에서 나올 때처럼 아주 쉽게 벽을 통해 집 안으로 들어갈 수 있었다. 이 기이한 능력은 그가 품고 있는 어떤 열망을 실현하는 데에도 도움이 될 것 같지 않았고, 오히려 왠지 꺼림칙한 기분이 들게 했다. 그래서 토요일인 이튿날 오전 근무가 끝난 뒤 동네의 의사를 찾아갔다. 그는 자기 증상을 설명했다. 의사는 그의 말이 사실임을 확신하고, 진찰을 해본 뒤에 병의 원인이 갑상선 협부 상피의 나선형 경화에 있음을 알아냈다. 의사는 그에게 일을 많이 하여 체력을 과도하게 소모하라고 권하면서, 쌀가루와 켄타우루스 호르몬의 혼합물인 4가(四價) 피레트 분(粉) 정제를 일 년에 두 알씩 먹으라고 처방을 내렸다.

뒤티유월은 처음 한 알을 먹고 나서 나머지 약은 서랍에 넣어둔 채 까맣게 잊고 말았다. 또 의사는 몸을 혹사하라고 권했지만, 그의 공무는 과로를 일체 용납하지 않는 관행의 규제를 받고 있었고, 그의 여가 활동도 신문 읽기와 우표 수집이 고작이라서 체력을 과도하게 소모시키지 못하기는 마찬가지였다. 그러다 보니 일 년이 지난 뒤에도 벽을 통과하는 능력은 온전히 간직되었다. 그러나 그는 무심코 부주의를 범하는 경우가 아니면 그 능력을 사용한 적이 없었다. 그는 모험에 별로 관심이 없고 상상력의 충동에도 잘 이끌리지 않는 사람이었다. 밖에 나갔다가 집에 돌아올 때면 열쇠로 문을 따고 들어갈 줄만 알았지 딴 방법으로 집 안에 들어간다는 것은 생각조차 해보지 않았다. 어쩌면 그는 자기 능력을 시험해보고 싶은 마음도 갖지 않고 습관에 따라 살면서 아무 탈 없이 늙어갔을지도 모른다. 어떤 특별한 사건이 그의 삶을 갑자기 변화시키지 않았더라면 말이다.

뒤티유월의 평화롭던 삶에 회오리바람이 몰아닥친 것은 그의 상관인 무롱 과장이 다른 부서로 옮기고 그 자리에 레퀴예라는 사람이 오면서부터였다. 말수가 적고 짧고 빳빳한 콧수염을 기른 이 신임 과장은 부임 첫날부터 뒤티유월이 가느다란 사슬 달린 코안경을 쓰고 검은 턱수염을 기른 것에 마뜩지 않은 눈길을 보냈다. 그는 짐짓 뒤티유월을 성가시고 추저분한 퇴물로 취급했다. 하지만 무엇보다 심각한 일은 그 신임 과장이 뒤티유월의 평온한 삶을 여지없이 뒤흔들 개혁을 도모하고 있다는 거였다. 뒤티유월은 이십 년 전부터 공적인 편지를 쓸 때면 으레 다음과 같은 상용 문구로 시작하곤 했다. '금월 모일의 귀한(貴翰)과 관련하여, 그리고 그 이전에 교환된 서신들을 참고하여, 귀하에게 다음과 같은 사실을 알려드리고자 합니다……' 레퀴예 과장은 이런 양식을 미국식 서간문에 더 가까운 딴것으로 대체하고 싶어했다. '귀하의 모일자 서신에 답하여 다음과 같은 사실을 알려드립니다……' 하는 식으로. 하지만 뒤티유월에게는 그런 서간문 양식이 마냥 어색하기만 했다. 그러다 보니 자기도 모르게 전통적인 방식으로 돌아가기가 일쑤였다. 이러한 무의식적인 집착 때문에 그는 점점 더 과장의 미움을 사게 되었고, 직장의 분위기는 갈수록 부담스럽게 느껴졌다. 그는 아침마다 불안한 마음으로 출근을 했고, 밤이면 이런저런 생각에 잠을 못 이루고 뒤척이는 일이 잦았다.

레퀴예 과장은 뒤티유윌의 복고적인 의지가 개혁의 성공을 저해하는 것에 역정이 나서 자기 사무실에 인접한 어둠침침한 골방으로 그를 쫓아버렸다. 그 골방은 복도 쪽으로 난 좁고 나지막한 문으로 출입하게 되어 있었고, 그 문에는 '허드레 물건 치워두는 곳'이라고 크게 써놓은 표찰이 아직 붙어 있었다. 뒤티유윌은 이 전례 없는 모욕을 체념하는 심정으로 받아들였다. 그러나 집에 돌아와 신문의 사회면에서 사람이 죽거나 다친 참혹한 사건에 관한 기사를 읽을 때면, 레퀴예 과장이 그 사건의 희생자라고 상상하는 자신에 대해 소스라치게 놀라곤 했다.

그러던 어느 날, 과장이 그의 골방에 느닷없이 들어와 한 통의 편지를 흔들어대면서 고함을 치기 시작했다.

"이런 걸레 같은 편지를 계속 쓰겠다 이거지? 그래, 어디 누가 이기나 해보자고. 우리 과에 망신을 주는 이런 형편없는 쓰레기를 계속 만들어보라고!"

뒤티유윌은 항변을 하고 싶었지만, 과장은 쩌렁쩌렁한 목소리로 그에게 타성에 젖은 바퀴벌레라고 욕을 한 다음, 손에 들고 있던 편지를 구겨 그의 얼굴에 던지고 나가버렸다. 뒤티유윌은 겸손하지만 자긍심이 강한 사람이었다. 골방에 혼자 남은 그는 신열이 오르는 기분을 느끼다가 문득 어떤 영감에 사로잡혔다. 그는 자리에서 일어나 자기 방과 과장의 방을 가르는 벽 속으로 들어갔다. 그러나 온몸을 대뜸 들이밀지 않고 머리만 건너편에 나타나도록 조심스럽게 들어갔다. 과장은 책상 앞에 앉아서 어떤 직원이 결재를 받으려고 제출한 편지를 읽고 있었다. 편지에 쉼표 하나가 잘못 찍힌 것을 발견하고 아직 흥분이 가시지 않은 손놀림으로 쉼표를 옮겨 찍으려고 하는데, 사무실 안에서 난데없이 기침 소리가 들렸다. 과장은 고개를 들었다. 뒤티유욀의 머리가 보였다. 과장은 이루 말할 수 없는 섬뜩함을 느꼈다. 그 머리는 마치 사냥을 기념하기 위해 박제해놓은 짐승의 머리처럼 벽에 붙어 있었다. 게다가 그것은 박제가 아니라 살아 있는 머리였다. 가느다란 사슬이 달린 코안경 너머에서 증오의 시선이 번득이고 있었다. 그뿐이 아니었다. 머리가 말을 하기 시작했다.

"레퀴예 과장, 당신은 깡패에다 상놈에다 개망나니요."

과장은 겁에 질려 입을 딱 벌린 채 한동안 그 머리에서 눈길을 거두지 못했다. 그러다가 이윽고 자리를 차고 일어나 복도로 후닥닥 뛰어나가서는 골방까지 줄달음질을 쳤다. 뒤티유욀은 차분하고 부지런한 모습으로 손에 펜을 들고 여느 때처럼 자기 자리에 앉아 있었다. 과장은 한참 그를 바라보다가 알아들을 수 없는 말을 몇 마디 우물거리고는 자기 방으로 돌아갔다. 그가 자리에 앉자마자 머리가 또다시 벽에 나타났다.

"레퀴예 과장, 당신은 깡패에다 상놈에다 개망나니요."

이날 하루 동안에만 그 무시무시한 머리는 스물세 번이나 벽에 나타났고, 그 뒤로 며칠에 걸쳐서 매일 그와 비슷한 횟수로 출몰했다. 뒤티

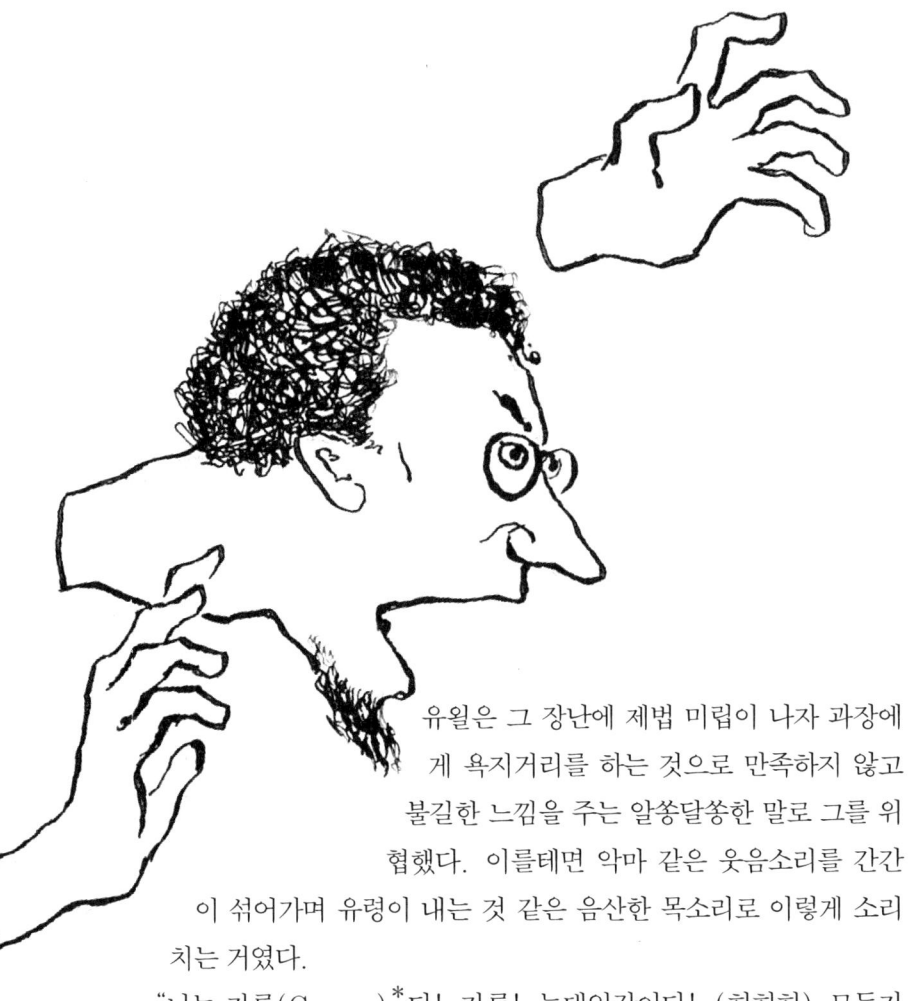

유월은 그 장난에 제법 미립이 나자 과장에게 욕지거리를 하는 것으로 만족하지 않고 불길한 느낌을 주는 알쏭달쏭한 말로 그를 위협했다. 이를테면 악마 같은 웃음소리를 간간이 섞어가며 유령이 내는 것 같은 음산한 목소리로 이렇게 소리치는 거였다.

"나는 가루(Garou)*다! 가루! 늑대인간이다! (히히히) 모두가

---

* 늑대인간을 뜻하는 〈루가루loup-garou〉에서 앞의 loup를 떼어낸 것. 뒤티유월은 이 말을 겹친 〈가루가루〉를 자기의 가명으로 삼는다. (옮긴이)

전율한다. 부엉이들마저 혼비백산하여 달아난다. (히히히)"

이런 괴성까지 듣게 되자 과장은 낯빛이 더욱 창백해지고 숨이 더욱 가빠지면서 머리털이 쭈뼛쭈뼛 곤두서고 등에는 식은땀이 흘렀다.

첫날에 과장은 몸무게가 오백 그램이나 줄었다. 이어지는 한 주일 동안 그는 부쩍 야위기 시작했고, 수프를 포크로 먹는다거나 경찰관들에게 군대식으로 인사를 하는 버릇까지 생겼다. 그러다가 두번째 주가 시작되었을 때, 구급차 한 대가 그의 집으로 와서 그를 정신병원으로 데려갔다.

레퀴예 과장의 압박에서 풀려난 뒤티유월은 '금월 모일의 귀한과 관련하여……' 하는 식의 자기가 좋아하는 상용 문구로 다시 편지를 쓸 수 있게 되었다. 하지만 그것으로는 성이 차지 않았다. 그의 안에서 무언가 새로운 것이 용솟음치고 있었다. 그것은 다름이 아니라 벽들을 뚫고 지나가고 싶은 걷잡을 수 없는 욕구였다. 벽을 통과하는 행위 그 자체만 놓고 본다면 그의 집 같은 데서라도 얼마든지 할 수 있었을 것이다. 실제로 그가 그렇게 해보지 않은 것도 아니었다. 그러나 특별한 능력을 지닌 사람들은 하찮은 일에 자기 능력을 사용하는 것에 이내 불만을 느끼게 마련이다. 게다가 벽을 통과하는 행위가 그 자체로 하나의 목적이 될 수는 없었다. 그것은 모험의 출발이며, 후속과 발전, 요컨대 어떤 보람을 요구하는 행동이다. 뒤티유월은 그 점을 아주 분명히 깨달았다. 그는 자기 안에서 확대의 욕구, 자기 능력을 온전히 발휘하고 자기 한계를 뛰어넘고 싶은 열망이 새록새록 더해가는 것을 느끼고 있었다. 그리고 무엇이 벽 뒤에서 자기를 부르고 있기라도 한 것처럼 어떤 동경이 마음 안에 자리잡았음을 느끼고 있었다. 하지만 불행하게도 그에게는 자기 능력을 통해 이룩하고자 하는 것이 없었다. 그는 신문을 읽으면서 자기의 목적을 찾고자 했다. 특히 정치면과 스포츠면에서 영감을 얻으려고 했다. 정치와 스포츠는 명예로운 행위일 것으로 생각되었기 때문이다. 그러나 결국 그가 깨달은 것은 벽을 통과하는 능력을 지닌 사람이 그런 분야에서 활약할 수 있는 여지는 전혀 없다는 사실이었다. 그래서 그는 사회면의 사건·사고 기사 쪽으로 방향을 돌렸다. 알고 보니 사회면의 기사들은 그의 목적과 관련하여 시사하는 바가 아주 많았다.

뒤티유욀은 먼저 자기 능력을 도둑질에 사용해보기로 했다. 그가 처음으로 불법 침입을 행한 곳은 센느 강 우안의 상업 지구에 있는 큰 은행이었다. 그는 열두 개쯤 되는 벽과 칸막이를 통과한 다음 여러 금고 속으로 들어가 호주머니에 지폐를 가득 채웠다. 그러고는 은행을 빠져나오기 전에 빨간 분필로 '가루가루'라는 가명을 써놓고 아주 예쁜 사인까지 남겼다. 이튿날 그 사인은 모든 신문에 그대로 실렸다. 일 주일이 지나자 가루가루라는 이름은 세상을 온통 떠들썩하게 했다. 대중은 경찰을 그토록 보기 좋게 조롱한 대도(大盜)를 향해 거리낌없이 호감을 표했다. 그는 매일 밤 은행이나 보석가게나 부잣집을 상대로 쥐도 새도 모르게 재물을 터는 놀라운 솜씨를 보여줌으로써 자기의 명성을 드높였다. 파리에서나 시골에서나 다소 몽상적인 여자라면 누구나 그 무시무시한 가루가루에게 몸과 마음을 주는 꿈을 꿀 정도였다. 불과 한 주일 새에 뷔르디갈라라는 보석가게에서 유명한 다이아몬드를 도난당하고 시영 신용금고가 털리는 사건이 터지자 대중의 열광은 도를 넘어서기 시작했다. 그 바람에 내무부 장관이 사임해야 했고 애먼 등기청장도 장관과 같은 배를 타는 신세가 되었다. 하지만 뒤티유욀은 일약 파리의 거부들 중의 하나가 되었음에도 여전히 등기청 직원으로 충실하게 근무하고 있었고, 그 충실한 근무 태도 덕분에 근정 훈장 수훈자의 물망에 오르기까지 했다. 아침에 출근해보면 간밤에 그가 한탕 멋지게 해낸 일을 두고 동료들이 이런저런 이야기를 하곤 했다. 동료들의 그런 논평을 듣는 것이 그에게는 큰 기쁨이었다. 그들의 평가는 이런 식이었다.

"그 가루가루 정말 대단해. 그는 초인이고 천재야."

뒤티유윌은 그런 칭찬을 들을 때마다 쑥스러운 마음에 낯을 붉혔고, 우정과 감사의 뜻으로 눈을 반짝였다.

어느 날, 동료들이 늑대인간을 좋게 평하는 분위기에 너무 방심한 나머지, 그는 더이상 숨기지 말고 비밀을 털어놓을 때가 되었다고 생각했다. 프랑스 은행 도난 사건을 다룬 신문기사를 보며 이야기를 나누고 있는 동료들을 약간 멋쩍게 바라보다가 그는 조심스럽게 말문을 열었다.

"저 사실은 말이야, 그 가루가루가 바로 나야."

뒤티유윌의 고백에 와르르 터져나온 동료들의 웃음이 한동안 그치지 않았다. 그 고백으로 그가 얻은 것은 가루가루라는 조롱 섞인 별명뿐이었다. 저녁에 퇴근할 때마다 동료들은 "어이, 가루가루, 오늘 밤엔 어디를 털 거야?" 하며 그를 계속 놀려댔다. 그리하여 그의 삶에 다시 그늘이 드리워졌다.

며칠 후 뒤티유윌은 파리 시내에 있는 한 보석가게를 털다가 일부러 야간 순찰대에 붙잡힐 행동을 했다. 그는 카운터에 서명을 해놓고 순금제 술잔으로 진열창을 깨뜨리면서 노래를 부르기 시작했다. 하려고만 했으면 그는 얼마든지 벽 속으로 숨어들어가서 야간 순찰대를 피할 수 있었을 것이다. 그러나 누가 보기에도 그는 체포되기를 스스로 원했던 게 분명했다. 그의 목적은 단 하나였다. 고백을 믿어주지 않아 그의 마음에 상처를 준 동료들에게 본때를 보여주고 싶었던 거였다. 아닌게아니라 뒤티유윌의 동료들은 그 이튿날 신문의 1면에 실린 그의 사진을 보고 경악을 금치 못했다. 그들은 천재적인 동료를 알아보지 못한 것을 뼈저리게 후회했고, 그를 본따 짧은 턱수염을 기름으로써 그에게 경의를 표했다. 어떤 동료들은 그에 대한 회한과 찬탄이 너무 지나쳐서 친구와 친지의 지갑이나 손목시계를 훔치려 하기도 했다.

  동료들을 놀라게 하기 위해서 일부러 경찰에 붙잡힌다는 것은 어쩌면 특별한 사람에게 어울리지 않는 경솔한 행동으로 비칠지도 모른다. 하지만 그런 식의 결심에서 겉으로 드러난 동기는 그다지 중요한 것이 못 된다. 뒤티유윌은 스스로 자유를 포기하면서, 자기욕구에 굴하고 있는 거라고 생각했지만, 사실 그는 그저 자기 운명의 비탈길을 미끄러져 내려가고 있었던 것이다. 벽을 통과하는 능력을 지닌 사람이라면 한 번쯤은 감옥살이를 경험해보아야 한다. 그러지 않고서는 그의 경력에 관록이 붙기가 어려울 것이기 때문이다. 뒤티유윌은 파리의 '상태'라는 교도소에 들어갔을 때 운명이 자기에게 복을 내렸다는 기분이 들었다. 두꺼운 벽들을 보자 그의 마음에 저절로 환희가 일었던 것이다.

  그가 수감되고 바로 그 이튿날 교도관들은 뜻밖의 일을 접하고 경악했다. 뒤티유윌이 자기 감방 벽에 못을 하나 박아놓고 거기에 교도소장의 금시계를 걸어두었기 때문이다. 그는 그 손목시계가 어떻게 해서 자기 수중에 들어오게 되었는지를 밝힐 수 없었고 밝히려 하지도 않았다. 그 손목시계는 주인에게 되돌아갔다가 그 다음날 뒤티유윌의 침대 머리맡에서 다시 발견되었다. 시계 옆에는 교도소장의 책꽂이에서 가져온 『삼총사』 제1권도 함께 놓여 있었다. 교도소장과 교도관들로서는 정말이지 기가 찰 노릇이었다. 괴이한 일은 그뿐이 아니었다. 교도관들은 이따금 엉덩이를 발에 채이곤 했는데, 그 발길질이 어디에서 오는

지를 모르는 채 서로에게 지청구를 늘어놓았다. 벽에도 귀가 있다는 속담이 있지만, 그것을 이제 벽에도 발이 있다는 속담으로 바꿔야 할 판이었다. 뒤티유윌이 수감된 지 일 주일이 되던 날 아침, 교도소장은 자기 사무실에 들어서다가 책상 위에서 편지 한 통을 발견했다. 그 편지의 내용은 이러했다.

    소장님께

  금월 17일에 우리가 가진 면담과 관련하여, 그리고 작년 5월 15일자의 회람을 참조하여 다음과 같은 사실을 알리고자 합니다. 저는 『삼총사』 제2권의 독서를 이제 막 끝냈기에 오늘 밤 11시 25분에서 11시 35분 사이에 탈주할 예정입니다. 깊은 존경의 뜻을 전하면서 이만 줄이겠습니다.

                                                    가루가루 올림

그날 밤 그의 탈주를 막기 위해 삼엄한 경비가 펼쳐지고 있었음에도 뒤티유월은 정확히 11시 30분에 교도소를 빠져나갔다. 다음날 아침 이 소식이 대중에게 알려지자 곳곳에서 열렬한 환호가 터져나왔다. 하지만 뒤티유월은 또다시 도둑질을 하여 자기의 대중적인 인기를 절정에 달하게 하고서는 몸을 숨길 걱정조차 하지 않는 듯 태연자약하게 몽마르트르 거리를 돌아다녔다. 탈주한 지 사흘째 되던 날 그는 '꿈'이라는 카페에서 정오 조금 전에 친구들과 백포도주를 마시고 있다가 체포되었다.

뒤티유월은 다시 교도소로 보내져 삼중으로 빗장을 지른 어두컴컴한 독방에 갇히는 신세가 되었으나 바로 그날 저녁 그곳을 탈출하여 교도소장의 아파트로 갔다. 그는 손님 접대용으로 비워놓은 방에서 잠을 자고 다음날 아침 아홉시쯤에 가정부를 불러 조반을 가져다달라고 했다. 가정부의 신고를 받고 교도관들이 달려왔다. 그는 침대에 누워 있다가 아무런 저항 없이 체포되었다. 몹시 화가 난 소장은 그의 감방 문 앞에 보초를 세우고 그에게 식사로 마른 빵만 주는 징벌을 내렸다. 그러나 그날 정오쯤에 뒤티유월은 교도소 인근에 있는 식당으로 점심을 먹으러 갔다. 그는 커피까지 마시고 난 다음에 소장에게 전화를 걸었다.

"여보세요! 소장님, 이거 죄송해서 어쩌지요? 조금 전에 밖으로 나올 때 깜박 잊고 소장님의 지갑을 가지고 나오지 않았습니다. 그래서 지금 식당에서 아주 곤란한 처지에 놓였습니다. 송구스럽지만 사람을 하나 보내서 계산을 치러주시지 않겠습니까?"

소장은 사람을 시키지 않고 직접 달려와서 격분을 참지 못하고 협박과 욕설을 퍼부어댔다. 그 일로 자존심이 상한 뒤티유월은 다시는 돌아오지 않으리라 작정하고 그날 밤 교도소에서 탈주했다. 이번에는 신중을 기하여 검은 턱수염도 깎고 가느다란 사슬이 달린 코안경도 뿔테 안경으로 바꾸었다. 거기에다 운동모자를 쓰고 커다란 체크 무늬가 들어간 상의에 골프 바지까지 입으니 전혀 딴 사람처럼 보였다. 그는 쥐노 대로에 있는 작은 아파트를 거처로 삼았다. 그는 이미 처음 체포되기 전부터 자기 가구의 일부와 가장 소중히 여기는 물건들을 이 아파트에 옮겨놓은 바 있었다.

뒤티유월은 자기의 명성에 싫증을 느끼기 시작했다. 벽을 통과하는 기쁨도 이미 감옥에 있을 때부터 조금 시들해져 있던 터였다. 아무리 두껍고 단단한 벽도 이젠 한낱 병풍처럼 시시해 보였다. 그에겐 무언가 새롭게 도전해볼 만한 것이 필요했다. 그는 이집트에 있는 어느 육중한 피라미드의 한복판으로 들어가보기를 꿈꾸었다.

이집트 여행의 꿈이 무르익어가는 동안 그는 우표를 수집한다든가 영화를 본다든가 몽마르트르를 오랜 시간 산보한다든가 하면서 더없이 평화로운 삶을 영위하고 있었다. 그의 변신은 아주 완벽했다. 그래서 그가 가장 친한 친구들 곁을 지나가도 턱수염을 밀어버리고 뿔테 안경을 쓴 그를 알아보는 사람이 없었다. 그런데 단 한 사람 젠 폴이라는 화가가 마침내 그의 진짜 신분을 간파했다. 그 화가는 동네 사람의 외모에 나타난 작은 변화도 놓치지 않는 예리한 눈을 지닌 사람이었다. 어느 날 아침 이 화가가 동네의 길 모퉁이에서 뒤티유월과 맞닥뜨렸다. 화가는 다짜고짜 막된 변말로 이렇게 말했다.

"어이고, 보아하니 자네 곰들을 엿먹이려고 둥기로 상판갈이를 했구먼."

이 말은 흔히 하는 말로 하면 대충 '보아하니 자네 형사들의 눈을 속이려고 기둥서방으로 변장했구먼' 이라는 뜻이다.

뒤티유윌은 "아, 이런 들켜버렸네" 하고 중얼거릴 뿐 더이상 말을 잇지 못했다. 이 일 때문에 마음이 불안해진 그는 이집트로 떠나는 것을 서두르기로 결심했다.

그런데 바로 그날 오후에 그는 르픽 거리를 걷다가 어떤 금발의 미인을 십오 분 간격으로 두 차례 만나고 나서 그만 그 여인에게 연정을 느끼게 되었다. 마음에 사랑이 싹트자 그는 우표 수집도 이집트 여행도 피라미드도 금세 잊어버렸다.

한편 그 금발의 여인은 그녀대로 많은 관심을 가지고 그를 바라보았다. 그 즈음의 젊은 여인들에게는 골프 바지와 뿔테 안경만큼 상상력을 자극하는 게 없었다. 골프 바지를 입고 뿔테 안경을 쓴 남자는 영화인 같은 느낌을 주었고, 칵테일 파티와 캘리포니아의 밤을 꿈꾸게 했으니 말이다.

그런데 뒤티유윌이 젠 폴을 통해서 알아보니, 불행하게도 그 아름다운 여인은 난폭하고 질투심이 많은 남자와 결혼해 있는 처지였다. 그 남편이라는 자는 저 자신은 밤마다 싸돌아다니며 방탕한 짓을 일삼으면서도 제 아내는 집 안에 꼭꼭 처박아두고 싶어하는 졸렬하고 의심 많은 사내였다. 그자는 밤 열시에서 새벽 네시 사이에 아내를 홀로 두고 밖에서 지내기가 일쑤였는데, 나갈 때는 그냥 나가는 게 아니라 아내가 혹시 밖에 나갈까 싶어서 방문에 이중으로 자물쇠를 채우고 덧창까지 잠그는 용의주도함을 보였다. 그자는 낮에도 아내에 대한 감시를 게을

리 하지 않았다. 심지어는 몽마르트르의 이 거리 저 거리로 아내를 미행하는 일조차 있었다.

"낮이나 밤이나 단속을 하고 있단 말일세. 누가 제 마누라 넘볼까봐 전전긍긍하는 밴댕이 소갈딱지지."

젠 폴은 그렇게 주의를 주었지만, 뒤티유월의 마음은 오히려 더욱 달아오를 뿐이었다. 그 다음날 뒤티유월은 톨로제 거리에서 그 젊은 여인과 다시 마주쳤다. 그는 용기를 내어 그녀의 뒤를 따라 유제품 가게로 들어갔다. 그녀가 차례를 기다리고 있는 동안 뒤티유월은 그녀에게 다가가 말했다. 진정으로 그녀를 사랑하고 있노라고. 남편이 나쁜 사람이라는 것도 알고 방문과 덧창을 걸어잠근다는 것도 알지만 그날 밤에라도 그녀의 방으로 가겠노라고. 금발의 여인은 낯을 붉혔다. 우유통을 든 그녀의 손이 바들바들 떨렸다. 촉촉히 젖은 다정한 눈길을 보내며 그녀가 가냘픈 한숨을 쉬었다.

"이를 어쩌지요? 그건 불가능해요."

그날은 햇살이 유난히 찬란했다. 뒤티유월은 밤 열시쯤에 노르뱅 거리에 있는 그녀의 집 근처에서 망을 보고 있었다. 그녀의 집은 견고한 담으로 둘러싸여 있어서 보이는 것이라곤 지붕 위로 솟은 풍향계와 벽난로 굴뚝뿐이었다. 그때 담에 나 있는 문 하나가 열리더니 어떤 남자가 나왔다. 남자는 조심스럽게 문을 걸어잠그고 나서 쥐노 대로 쪽으로 내려갔다. 뒤티유월은 남자가 내리막길 모퉁이를 돌아 아주 멀리 사라질 때까지 기다렸다가 다시 열을 센 다음 사뿐하게 발을 놀려 벽 속으로 뛰어들어갔다. 그는 장애물들을 통과하며 내처 달려서 그 아름다운 여인이 갇혀 있는 방으로 들어갔다. 여인은 너무 놀라서 넋을 잃은 채 그를 맞았다. 그들은 한시가 넘도록 사랑을 나누었다.

그 이튿날 뒤티 유월은 격심한 두통에 시달렸다. 그는 그것을 대수롭게 여기지 않았고 그깟 일로 그녀와의 약속을 저버리지는 않을 생각이었다. 그러다가 그는 우연히 서랍 속에 흩어져 있는 알약들을 발견했다. 그는 그 알약들을 아스피린으로 생각하고 아침에 한 알 오후에 한 알을 먹었다. 저녁이 되자 두통은 그럭저럭 견딜 만했다. 게다가 마음이 들떠서 그는 아픈 것도 잊어버렸다. 젊은 여인은 어서 밤이 오기를 바라면서 초조하게 그를 기다리고 있었다. 간밤의 추억이 그녀의 마음에 사무치는 그리움을 심어 준 거였다. 그들은 그날 밤 새벽 세시까지 사랑을 나누었다.

그녀 곁을 떠날 때 뒤티유윌은 그 집의 칸막이와 벽들을 통과하면서 여느 때와는 다르게 허리와 어깨에 무엇이 스치는 듯한 느낌을 받았다. 하지만 그는 뭔가 심각한 일이 벌어지고 있다고는 생각하지 않았다. 그러다가 담 속으로 들어갈 때에야 비로소 분명히 어떤 저항이 있음을 느꼈다. 마치 어떤 물질 속에서 움직이고 있는 기분이 들었다. 처음엔 유체(流體) 같던 그 물질은 반죽처럼 끈적거리기 시작하더니 그가 힘을 쓸 때마다 점점 더 딱딱해졌다. 마침내 온몸이 두꺼운 담벽 속에 들어갔을 때, 그는 자기가 더이상 나아갈 수 없음을 깨달았다. 문득 낮에 먹었던 알약에 생각이 미쳤다. 아뜩한 공포가 엄습했다. 그가 아스피린으로 생각했던 그 알약들은 지난해에 의사가 벽을 통과하는 능력을 없애기 위해 처방해준 약이었다. 그 약을 복용한데다가 힘을 격렬하게 사용한 효과가 더해져서

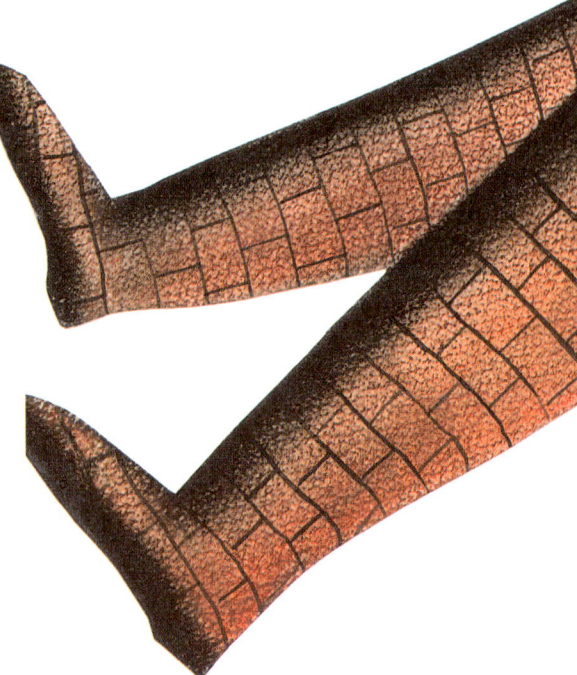

의사의 처방이 갑작스레 효험을
나타낸 거였다.

뒤티유윌은 꼼짝달싹 못 하고 담벽 속에 갇히는 신세가 되었다. 지금 그는 여전히 돌과 한 몸이 된 채 그 담 속에 있다. 파리의 소음이 잦아드는 야심한 시각에 노르뱅 거리를 내려가는 사람들은 무덤 저편에서 들려오는 듯한 희미한 소리를 듣게 된다. 그들은 그것을 몽마르트르 언덕의 네거리를 스치는 바람의 탄식으로 여기지만, 사실 그것은 '늑대인간' 뒤티유윌이 찬란한 행로의 종말과 너무도 짧게 끝나버린 사랑을 한탄하는 소리다. 겨울밤이면 이따금 화가 젠 폴이 기타를 들고 소리가 잘 울리는 적막한 노르뱅 거리에 나가 담 속에 갇힌 가엾은 벗을 위로하기 위해 노래를 부른다. 그러면 추위에 곱은 손가락들로부터 기타의 선율이 날아올라 달빛이 방울방울 떨어지듯 담벽 속으로 동당동당 스며든다.

생존 시간 카드
쥘 플레그몽의 일기에서 발췌

2월 10일

 항간에 터무니없는 소문이 나돌고 있다. 새로운 배급제에 관한 소문이다. 식량과 생필품 부족에 대처하고 노동계급의 수익 향상을 도모하기 위해 비생산적인 소비자들, 이를테면 노인, 퇴직자, 금리생활자, 실업자, 기타 다른 군입들의 생존권을 박탈하리라는 것이다. 따지고 보면 그런 조치가 공정할 것일 수도 있겠다는 생각이 든다. 방금 집 앞에서 이웃사람 로캉통을 만났다. 이 칠십대 노인은 작년에 스물네 살짜리 여자와 결혼함으로써 남다른 노익장을 과시한 바 있다. 그는 문제의 법령에 관한 소문을 듣고 격분한 나머지 말을 제대로 못 잇다가 이렇게 소리쳤다.

 "도대체 나이가 무슨 상관이야! 나는 젊고 이쁜 마누라를 행복하게 해주고 있는데 말이야."

나는 고상한 말로 그에게 충고했다. 공익을 위한 개인의 희생을 기쁘고 자랑스럽게 받아들이라고.

2월 12일

아니 땐 굴뚝에 연기 나랴 하는 속담 그대로다. 오늘 센느의 도의회 의원인 오랜 친구 말레프루아를 만나 점심을 같이 했다. 아르부아 산(産) 포도주 한 병으로 그의 말보가 터지게 한 다음, 요리조리 꾀를 써서 문제의 법령에 관해 실토하게 만들었다. 당연한 얘기지만 그 법령의 취지는 쓸모없는 사람들을 죽이자는 것이 아니다. 단지 그들의 생존 시간을 줄이자는 것뿐이다. 말레프루아가 설명하기를, 쓸모없는 사람들은 한 달을 다 사는 게 아니라 그 무용성의 정도에 따라 일수(日數)를 정해놓고 다달이 그 일수만큼만 살게 될 거라고 했다. 그들에게 발급될 생존 시간 카드는 벌써 인쇄되어 있는 듯하다. 나는 그 발상이 시의적절하고도 시적(詩的)인 것이라고 생각했다. 그래서 그것에 대해 정말로 말레프루아의 호감을 살 만한 말들을 했던 것으로 기억된다. 그는 술기운이 조금 들어간 탓인지 눈물을 글썽이며 우정 어린 눈으로 나를 바라보았다.

2월 13일

이건 비열하고 부당한 처사며 극악무도한 살인 행위이다! 문제의 법령이 신문에 보도되었다. 그런데, 쓸모없는 사람들, 곧 '부양을 받고 있을 뿐 그것의 실질적인 대가를 전혀 치르지 않는 소비자들'의 무리에 놀랍게도 예술가와 작가가 포함된다고 하지 않는가! 어쩔 수 없는 사

정 때문에 화가나 조각가나 음악가에게 그 조치가 적용되는 것은 이해할 수도 있는 일이다. 하지만 작가에게마저 그것이 적용된다는 건 어불성설이다. 이것은 분명 자가당착과 양식에서 벗어난 판단 착오가 빚어낸 일이었다. 이는 우리 시대의 다시없는 수치로 남게 될 것이다. 왜냐하면 작가의 유용성이란 증명되어야 할 성질의 것이 아니니까 말이다. 특히 나 같은 작가의 유용성은 아주 겸손하게 말해서 증명하고 자시고 할 필요가 없다고 할 수 있다. 그런데도 나에게는 한 달에 겨우 보름간의 생존만 허용되리라고 한다.

2월 16일

법령은 3월 1일부터 발효될 것이고 등록과 카드 발급은 이달 18일부터 이루어질 것이라고 한다. 따라서 자기들의 사회적인 처지로 말미암아 부분적인 생존이 예정되어 있는 사람들은 저마다 어떤 일거리라도 찾아보려고 바쁘게 움직이고 있다. 일이 있어야 한 달을 온전히 다 사는 완전 생존 자격 보유자로 분류될 수 있기 때문이다. 하지만 행정 당국은 이미 이런 사태가 올 것을 귀신같이 예견하고 2월 25일 전까지 고용과 해고를 비롯한 일체의 인사를 금지시켰다.

무슨 뾰족한 수가 없을까 하고 궁리하던 중에 친구 말레프루아에게 전화를 걸어보자는 생각이 떠올랐다. 그 친구라면 내게 미술관의 문지기나 관리인 자리라도 하나 얻어줄지 모르겠다 싶었다. 그러나 때가 너무 늦었다. 그는 자기 재량으로 남아 있던 마지막 사환 자리마저 다른 사람에게 주고 난 뒤였다.

"아니, 이 사람아. 일자리를 부탁할 양이면 진작 얘기를 했어야지 어쩌자고 오늘까지 꾸물댄 거야?"

"하지만 이 조치가 나에게도 해당될 줄 알았어야 말이지. 요전날 같이 점심 먹을 때 자넨 그런 얘기를 안 했잖아……"

"무슨 소리야. 나는 분명히 이 조치가 무용한 사람들 모두에게 적용된다고 말했어. 어떻게 그보다 더 분명하게 말할 수 있겠어?"

2월 17일

우리 건물의 관리인은 벌써부터 나를 반송장이나 유령, 지옥에서 갓 솟아나온 귀신쯤으로 여기는가 보다. 아침에 우편물 가져다주는 일을 등한히 했으니 말이다. 나는 그 여자에게 내려가서 사정없이 호통을 쳤다.

"당신 같은 게으름뱅이들을 더 잘 먹고 잘 살게 해주자고 엘리트 하나가 자기 삶을 희생해야 한다고."

사실 내가 틀린 소리를 한 건 아니다. 생각하면 생각할수록 그놈의 법령이 부당하고 불공평하게만 느껴진다.

방금 로캉통과 그의 젊은 아내를 만났다. 노인이 참 안됐다는 생각이 든다. 한 달에 고작 엿새밖에 살지 못하게 된 것도 딱한 노릇이지만, 그보다 더 안된 일은 그의 아내는 젊다는 이유로 한 달에 보름을 살게 되었다는 것이다. 그 생존 일수의 차이로 말미암아 늙은 남편은 말할 수 없는 고민에 빠져 있다. 그에 비해서 젊은 아내는 자기의 운명을 한결 초연하게 받아들이는 듯하다.

오늘 낮 동안에 법령에 전혀 영향을 받지 않는 사람들을 여러 명 만났

다. 희생자들에 대한 그들의 몰이해와 배은망덕이 몹시도 혐오스럽다. 그자들은 이 불공평한 조치를 더없이 당연한 것으로 여길 뿐만 아니라 이 조치가 내려진 것을 기뻐하는 기색이 역력하다. 인간의 이기심이란 아무리 잔인하게 없애버리려 해도 끝내 없앨 수 없는 것인가 보다.

2월 18일

파리 제18구청에서 생존 시간 카드를 발급받기 위해 세 시간 동안 줄을 서서 기다렸다. 근로 대중을 잘 먹이기 위해 희생될 2000명 가량의 불행한 사람들이 두 줄로 나뉘어 서 있었다. 이들은 맨 먼저 도착한 사람들일 뿐이고 앞으로 얼마나 더 많은 사람들이 카드를 받으러 올지 알 수 없다. 줄지어 선 사람들 중에는 노인이 많았다. 그들의 비율이 절반은 되는 것 같았다. 예쁘장한 젊은 여자들도 있었다. 그녀들은 슬픔 때문에 수척해진 얼굴로 '나는 아직 죽고 싶지 않아요'라는 뜻의 한숨을 쉬고 있는 듯했다. 몸을 파는 직업 여성들도 적지 않았다. 법령은 그녀들의 한 달 생존 시간을 일 주일로 격감시킴으로써 그녀들에게 심한 타격을 입혔다. 내 앞에 있던 그중 한 여자는 그놈의 법령 때문에 영영 창녀 신세를 면치 못하게 되었다고 불평했다. 매춘부 신세에서 벗어나려면 자기를 사랑하는 남자가 생겨야 할 터인데, 일 주일이라는 시간은 너무 짧아서 사내들이 자기에게 정을 붙일 겨를이 없을 거라는 말이었다. 내가 보기에는 반드시 그럴 것 같지는 않다. 차례를 기다리는 사람들의 대열에서 더러 낯익은 얼굴이 눈에 띄었다. 그들을 보니 한편으로는 가슴이 짠했지만 다른 한편으로는 은근히 반갑기도 했다. 글을 쓰거나 그림을 그리는 몽마르트르의 벗들, 즉 셀린, 젠 폴, 다라네스, 포슈아, 수포, 탱탱, 데스파르베스 등이 그들이었다. 셀린의 표정은 자못 침통해 보였다. 반(反)유태주의 작가로 알려진 그는 이번에도 유태인들이 공작을 벌인 거라고 주장하고 있었다. 하지만 그 점에 관해서는 셀린이 우울한 기분 때문에 그릇된 판단을 하고 있다는 생각이 든다. 법령의 한 조항을 보면 유태인들에게는 나이와 성별과 경제 활동에 상관없이 한 달에 반일(半日)의 생존만 부여되어 있으니 말이다. 대체적으로 보아 사람들은 화가 나 있었고 소란스러웠다. 질서 유지를 위해 많은 경관들이 동원되었는데, 그들은 경멸에 가득 찬 태도로 우리를 대했다. 우리를 인간 쓰레기로 간주하고 있음이 분명하였다. 우리가 그 오랜 기다림에 지쳐 있노라면 그들은 우리 엉덩이에 발길질을 하여 우리의 지루함을 덜어주곤 했다. 나는 말없이 의연하게 그 굴욕을 꾹 참고 견뎠다. 하지만 마음속으로는 반항의 함성을 내지르며 한 경관을 뚫어지게 바라보았다. 이제는 바로 우리가 대지의 저주받은 자들이다.

　마침내 생존 시간 카드를 받았다. 카드에는 배급표들이 연접되어 있다. 배급표 한 장이 24시간의 삶에 해당한다. 보랏빛을 띤 그 연한 하늘빛이 너무나 고와서 눈물이 핑 돌았다.

2월 24일

　일 주일 전에 나의 개인적인 사정을 참작해달라고 해당 관청에 편지를 보낸 바 있다. 그 결과 한 달에 24시간을 더 살 수 있게 되었다. 행정이란 늘 그런 식이다.

3월 5일

　열흘 전부터 아주 열심히 살고 있다. 일기 쓸 시간을 못 낼 정도로 삶이 분주하다. 이토록 짧은 삶에서 무엇 하나라도 놓치고 싶지 않아서 밤잠을 잊을 지경이다. 글을 쓰는 것도 예전과는 다르다. 정상적인 삶을 살 때 석 주나 걸려서 쓴 것보다 더 많은 양의 원고를 최근에는 나흘 만에 해치웠다. 그런데도 문체에선 전과 다름없는 광채가 나고 사유에는 변함없는 깊이가 있다. 쾌락을 추구할 때도 그와 똑같은 열의로 정력을 쏟고 있다. 세상의 예쁜 여자들을 모두 나의 여자로 삼고 싶지만 그럴 수 없는 게 유감스러울 따름이다. 또 암시장에서 매일 두 끼씩 아주 푸짐한 식사를 한다. 흘러가는 시간을 온전하게 활용하고 싶은 욕구 때문이기도 하고 어쩌면 복수심에서 그러는 것일지도 모른다. 오늘 점심에는 굴 세 접시, 삶은 계란 두 개, 거위 고기 한 토막, 소고기 등심 한 조각, 채소, 샐러드, 갖가지 종류의 치즈, 초콜릿 과자에다 자몽 한 개와 귤 세 개를 먹었다. 그러고 나서 커피 한 잔을 마시노라니, 비록 내 슬픈 운명에 대한 생각이 머릿속을 떠나지는 않았어도, 조금은 행복한 기분이 들었다. 이러다가 내가 영락없는 스토아 철학자가 되는 것은 아닐까? 식당에서 나오는 길에 로캉통 내외와 마주쳤다. 노인은 오늘 3월의 마지막 날을 살고 있는 것이다. 오늘 밤 자정이면 배급표 여섯 장이 다 떨어지기 때문에 그는 비존재(非存在) 속으로 빠져들어가 거기에서 25일을 머물게 될 것이다.

3월 7일

로캉통의 젊은 아내를 방문했다. 그녀는 간밤 자정부터 일시적으로 과부가 되어 있다. 나를 맞아들이는 그녀의 태도가 자못 우아해 보였다. 얼굴에 어린 우수 때문인지 그녀의 우아함이 한결 매력적이었다. 우리는 이런저런 이야기를 주고받았고 그녀의 남편에 대해서도 이야기했다. 그녀는 남편이 어떻게 무(無) 속으로 사라졌는지를 들려주었다. 그들은 잠자리에 같이 누워 있었다. 자정 일 분 전에 로캉통은 아내의 손을 잡고 마지막으로 일러둘 말을 하고 있었다. 자정을 알리는 종이 울리자 그녀는 남편의 손이 자기 손에서 녹아 없어지는 듯한 느낌을 받았다. 그녀 곁에 남아 있는 것이라곤 텅 빈 파자마와 긴 베개 위에 놓인 틀니뿐이었다. 그 대목에서 우리는 아주 격한 감정에 휩싸였다. 그녀가 눈물마저 글썽거리고 있었기 때문에 나는 팔을 벌려 그녀를 안아주었다.

3월 12일

어제 저녁 6시에 아카데미 회원인 페뤼크의 집에 가서 시럽 음료 한 잔을 마셨다. 모두가 알다시피 당국에서는 '불멸의 존재'로 일컬어지는 아카데미 회원들의 명성에 흠집을 내지 않기 위해 그 늙다리들에게 완전 생존 자격 보유자에 포함되는 특혜를 주었다. 페뤼크는 자아도취와 위선과 심술 때문에 아주 비열해 보였다. 그의 집에 모인 우리 열댓 사람은 모두 이 달에 살 날이 며칠 남지 않은 희생자들이었는데, 오로지 페뤼크만이 한 달을 온전히 살 자격을 얻은 터였다. 그는 짐짓 선의

를 보이며 마치 우리를 장애자나 무능력자를 대하듯 했다. 우리를 동정하고 우리가 없는 동안에 우리를 위해 힘을 써주겠다고 약속은 하고 있었지만 그의 눈에는 심술궂은 빛이 역력하였다. 그는 자기가 어떤 면에서는 우리보다 대단한 존재라고 생각하면서 즐거워하고 있는 게 분명했다. 나는 멍청한 늙다리, 말뼈다귀라는 욕이 목구멍까지 올라오는 것을 꾹 눌러 참았다. 아아! 언젠가 내가 그의 뒤를 이어 아카데미 회원이 될지도 모른다는 기대만 없다면, 한바탕 속이 후련하게 퍼부어댈 수도 있으련만.

3월 13일

뒤몽네 집에서 점심을 먹었다. 늘 그랬듯이 그들 부부는 말다툼을 벌이고 서로 욕지거리까지 했다. 뒤몽은 누가 듣기에도 진지한 말투로 이렇게 소리쳤다.

"그저 내 배급표 열다섯 장을 매월 15일 이후에 사용할 수 있다면 좋겠어. 그러면 당신과 같이 살지 않아도 될 테니까 말이야."

그 말에 그의 아내는 울었다.

3월 16일

로캉통의 아내 뤼세트가 간밤에 일시적인 죽음을 맞았다. 그녀가 대단히 겁을 먹고 있었으므로 나는 그녀가 떠날 때 곁에 있어주었다. 9시 30분에 그녀의 집으로 올라가보니 그녀는 벌써 잠자리에 누워 있었다. 그녀가 마지막 순간의 공포를 느끼지 않게 하려고 나는 침대 머리맡 탁

자에 놓인 작은 추시계를 15분 느리게 해놓았다. 일시적인 죽음으로 빠져들기 5분 전에 그녀는 갑자기 울음을 터뜨렸다. 그러더니 아직 20분이 남았다고 생각했는지 여유를 갖고 다시 교태를 부렸다. 그런 순간에도 예쁘게 보이려고 신경을 쓰는 그녀의 태도에 내 가슴이 뭉클하였다. 그녀가 삶에서 일시적인 죽음으로 넘어가는 순간에 나는 그녀에게서 눈을 떼지 않으려고 주의했다. 그녀는 내가 들려준 이야기를 듣고 웃고 있었다. 그러다가 갑자기 웃음소리가 뚝 그치며 눈앞에서 그녀가 가뭇없이 사라졌다. 마치 어떤 마술사가 그녀를 감쪽같이 숨겨버리기라도 한 것 같았다. 나는 그녀가 누워 있던 자리를 손으로 더듬어보았다. 아직 온기가 남아 있었다. 그녀가 사라진 자리로 정적이 밀려와 나의 가슴을 무겁게 짓눌렀다. 꽤나 고통스러운 장면이었다.

이 글을 쓰고 있는 지금 이 아침에도 불안이 가시지 않는다. 잠에서 깨어난 뒤로 줄곧 내가 살 수 있는 시간이 얼마나 남았는지를 세고 있다. 오늘 밤 자정이면 내 차례가 될 것이다.

자정 15분 전, 오늘 일기를 계속해서 쓴다. 방금 잠자리에 들었다. 이렇게 손에 펜을 들고 나의 직업인 글쓰기를 하고 있을 때 그 일시적인 죽음이 찾아오면 좋겠다. 나의 이런 태도가 제법 의연하다는 생각이 든다. 나는 이런 식의 품위 있고 분별 있는 용기를 좋아한다. 그런데, 나를 기다리고 있는 죽음이 정말 일시적인 죽음일까? 혹시 진짜로 그냥 죽게 되는 것은 아닐까? 부활의 약속은 내게 아무런 의미가 없다. 지금 이 순간엔 그런 약속으로 우리에게 음험한 진실을 호도하려는 것이 아닌가 하는 생각이 든다. 만일 15일 후에 어떤 희생자도 다시 살아나지 않는다면, 도대체 누가 그들을 위해 항의해주겠는가? 그들의 상속자들은 항의할 리가 없다. 설령 상속자들이 항의를 한다 한들 그게 무슨 위안이 되겠는가! 문득 희생자들이 다음달 초하루, 곧 4월 1일에 일제히 부활하게 되어 있다는 데에 생각이 미친다. 어쩌면 이건 만우절에 맞추어 준비된 터무니없는 거짓말일지도 모른다. 두려움 때문에 등골이 서늘해진다. 그렇다면 나는……

4월 1일
　내가 정말로 살아 있다. 부활의 약속은 만우절의 거짓말이 아니었다. 그런데 이상하게도 시간이 흘렀다는 느낌이 들지 않았다. 나는 일시적인 죽음에 빠져들 때의 모습 그대로 침대에 있었고 그때의 그 공포도 아직 가시지 않은 채로 남아 있었다. 일기장도 침대 위에 그대로 놓여 있었다. 나는 생각하다 만 문장을 끝내고 싶었다. 그러나 만년필에 잉크가 다 떨어지고 없었다. 추시계가 4시 10분을 가리키며 멈춰 서 있는 것을 보자 정말로 시간이 흐른 건지 아닌지 잘 모르겠다는 생각이 들기 시작했다. 내 손목시계도 멎어 있었다. 말레프루아에게 전화를 걸어 오늘이 며칠인지를 물어보자는 생각이 들었다. 그에게 전화를 걸자 그는 한밤중에 잠을 깨웠다고 언짢은 심기를 노골적으로 드러냈다. 다시 살아난 나의 기쁨 따위는 안중에도 없었다. 그러거나 말거나 나는 할말은 하고 싶었다.
　"이보게, 우주적 시간과 경험적 시간의 구별이 철학자들이나 하는 공상인 줄 알았는데 그게 아닐세. 나 자신이 바로 그 증거야. 사실 절대적인 시간이란 존재하지 않아……"

"그럴 수도 있겠지. 하지만 지금은 자정하고도 삼십 분이 지난 시각일세. 내 생각엔……"

"절대적인 시간이 존재하지 않는다는 것이 얼마나 큰 위안이 되는지 생각해보게. 내가 살지 못한 지난 십오 일간의 시간은 결코 잃어버린 것이 아닐세. 나중에 그 시간을 모두 되찾을 생각이야."

"잘 되길 바라네. 그리고 잘 자게."

말레프루아는 전화를 끊어버렸다.

오전 아홉시쯤에 외출을 했다. 뭔가가 갑작스럽게 달라졌다는 느낌이 들었다. 계절이 시간을 훌쩍 건너뛴 듯했다. 아닌게아니라 나무들엔 벌써 새순이 파릇하게 돋았고 바람은 한결 부드러웠으며 거리의 풍광도 많이 달라져 있었다. 여인들의 몸단장에서는 봄 냄새가 물씬 풍겨났다. 나 없이도 세상이 잘 돌아갈 수 있었다는 사실을 깨닫자 분한 생각이 들었다. 그 분한 마음은 아직도 가시지 않고 있다.

간밤에 다시 살아난 사람들을 여럿 만나 각자가 겪은 일시적인 죽음에 관하여 이야기를 나누었다. 보르디에 수녀는 이십 분간이나 나를 붙잡아놓고, 지난 십오 일 동안 육체에서 벗어나 숭고한 천국의 환희를 경험했노라고 이야기했다. 가장 재미있었던 것은 단연코 집에서 막 나오고 있던 부샤르동을 만나서 들은 이야기였다. 그는 3월 15일 밤에 잠을 자다가 일시적인 죽음을 맞았다. 오늘 아침 잠에서 깨어났을 때 그는 자기가 생존 제한의 운명을 모면했다고 확신했고, 그 확신을 바탕으로 어떤 결혼식에 참석하러 가는 중이었다. 그는 결혼식이 오늘 있는 것으로 믿고 있었다. 하지만 실제로 결혼식은 이미 보름 전에 치러졌을 거였다. 나는 구태여 그가 잘못 생각하고 있다는 것을 깨우쳐주지 않았다.

4월 2일

로캉통 내외를 찾아가 차를 마셨다. 노인은 마냥 행복해하고 있다. 자기가 존재하지 않았던 시간에 대한 느낌이 전혀 없기 때문에 그 동안 벌어졌던 일들은 그의 머릿속에서 전혀 현실성을 갖지 못한다. 자기 없이 아내 혼자 살았던 9일 동안 아내가 바람을 피웠을 수도 있다는 생각은 그에겐 그저 관념적인 공론일 뿐이었다. 그를 위해서는 참 다행스러운 일이다. 그의 아내 뤼세트는 줄곧 촉촉하고 시름겨운 눈으로 나를 바라보았다. 제3자 모르게 보내오는 그런 정염의 신호는 딱 질색이다.

4월 3일

아침부터 종일 노여움을 가라앉히지 못하고 있다. 아카데미 회원 페뤼크는 내가 죽어 있는 동안에 술책을 부려서 메리메 기념관의 개관식이 4월 18일에 열리게 해놓았다. 내가 개관식 때 연설을 하기로 되어 있다는 것은 그 음흉한 늙은이도 뻔히 알고 있는 사실이다. 그 연설은 나에게 아카데미의 문을 열어줄지도 모를 아주 중요한 기회이다. 그러나 4월 18일이면 나는 다시 생의 피안(彼岸)에 가 있을 것이다.

4월 7일

　로캉퉁이 다시 죽음을 맞았다. 이번엔 자기 운명을 기분 좋게 받아들이는 듯했다. 그가 저녁식사를 같이 하자고 청했기 때문에 나는 그가 떠나는 모습을 지켜볼 수 있었다. 그가 사라지기 직전에 우리 세 사람은 거실에서 샴페인을 마시고 있었다. 그러다가 자정이 되자 서 있던 그가 홀연 자취를 감추고 그의 옷이 융단 위에 떨어져 더미를 이루었다. 사실 그건 꽤나 우스꽝스러운 장면이었다. 아무리 그렇기로서니 남편이 사라지는 걸 보면서 뤼세트가 너무 즐거워하는 것은 계제에 어울리지 않는 것 같았다.

4월 12일

　오늘 아침에 아주 충격적인 방문을 받았다. 마흔 살쯤 된 웬 남자가 나를 찾아왔다. 행색이 초라하고 태도가 소심하며 몸이 꽤나 부실해 보이는 사내였다. 그는 아내와 세 자녀를 거느린 병약한 노동자였는데, 자기 식구들을 먹여 살리기 위해서 자기의 생존 시간 배급표 중의 일부를 나에게 팔고 싶어했다. 아내는 병들어 있고 자기마저 궁핍한 살림에 몸이 너무 허약해져서 힘든 노동을 할 수 없는데, 정부에서 주는 보조금으로는 식구들이 그저 죽는 것보다 못한 삶을 겨우겨우 꾸려나갈 뿐이라는 거였다. 자기 생존 시간 배급표를 팔겠다는 그의 제안은 나를 몹시 난처하게 만들었다. 나 자신이 마치 동화에 나오는 식인귀(食人鬼)나 사람을 공물로 받았다는 옛날이야기 속의 괴물처럼 느껴졌다. 나는 더듬거리며 반대의 뜻을 밝히고 그의 배급표를 거절했다. 그 대신에 아무런 대가 없이 그에게 약간의 돈을 주었다. 그는 자기 희생의 고귀함을 의식하고 그것을 스스로 자랑스럽게 여기고 있는 터라, 하루 또는 며칠의 삶으로 대가를 지불하지 않고는 아무것도 받지 않겠노라고 했다. 나는 도저히 그를 설득할 수가 없어서 결국 배급표 한 장을 받고야 말았다. 그 사람이 가고 난 뒤에 나는 그 배급표를 사용하지 않으리라 결심하고 서랍 속에 넣어버렸다. 그렇게 남의 삶에서 떼어낸 하루를 더 산다는 것은 정녕 추악한 짓이 아니겠는가.

4월 14일

지하철에서 말레프루아를 만났다. 그는 생존 제한 법령이 좋은 결과를 가져오기 시작했다고 설명했다. 부유한 사람들이 생존 제한에 많이 걸린 탓에 암시장이 중요한 판로를 잃게 되어 암거래 물가가 벌써 아주 현저하게 내려갔다는 거였다. 정부 고위층에서는 암시장이라는 그 골칫거리가 곧 완전히 사라지게 되리라고 기대하는 모양이다. 대체적으로 식량 보급 상태가 전보다 한결 나아진 것 같다. 말레프루아의 말마따나 파리 사람들의 안색이 많이 좋아진 듯하다. 남들이 더 잘 먹고 잘 살게 되었다는 것은 기쁜 일이지만 내 마음은 그것을 마냥 기뻐할 수 없어 착잡하다.

말레프루아는 이런 말도 했다.

"두드러지게 달라진 것이 또하나 있네. 생존을 제한당하는 자들이 없는 동안에 우리가 아주 평온하고 가뿐한 분위기에서 살게 되었다는 것일세. 그래서 부자, 실업자, 지식인, 창녀가 얼마나 위험할 수 있는

지를 새삼스럽게 깨닫게 된다네. 그들은 사회에 불화와 부질없는 소요, 무절제, 불가능한 일에 대한 동경 따위를 가져올 뿐이지."

4월 15일
카르트레 내외가 자기들의 '임종'을 지켜달라고 저녁식사에 초대했지만 응하지 않았다. 요즈음 파리의 날라리들 사이에서는 일시적인 죽음을 맞을 때 그렇게 친구들을 불러모으는 것이 유행처럼 되어 있다. 듣자 하니 더러는 그런 모임을 빙자하여 주색 난장판을 벌이기도 하는 모양이다. 역겨운 일이다.

4월 16일
오늘 밤 다시 죽음을 맞는다. 아무런 두려움이 없다.

5월 1일
간밤에 다시 삶으로 돌아왔을 때 소스라치게 놀랐다. 지난달 16일에 나는 서 있는 상태에서 상대적인 죽음(요즈음에는 일시적인 죽음 대신에 이 말이 유행하고 있다)을 맞았고 옷은 융단 위에 뭉그러졌다. 그랬다가 다시 깨어나 보니 나는 완전히 벌거숭이가 되어 있었다. 화가 롱도는 상대적인 죽음을 맞을 남녀 열 사람을 자기 집에 불러모았는데, 그 집에서도 똑같은 일이 벌어졌다. 그 꼴이 정말 가관이었을 것이다.
금년 오월은 참으로 화창할 듯한데 후반의 15일을 포기해야 한다고 생각하니 아쉽기 그지없다.

5월 5일

　최근 며칠 동안 완전 생존 자격 보유자들과 부분 생존자들 사이에 어떤 반목이 생겨나고 있음을 느꼈다. 그 반목은 날이 갈수록 점점 더 극명하게 드러나고 있기 때문에 누구도 그것의 존재를 의심하지 않을 것이다. 두 집단 사이의 대립은 우선 서로에 대한 시샘으로 나타난다. 생존 시간을 제한당하는 사람들이 완전 생존 자격 보유자들을 시새우는 까닭은 쉽게 이해될 수 있다. 그 시새움에 특혜자들에 대한 강한 원망이 섞여든다 해도 결코 놀랄 일이 아니다. 그런데 기회가 있을 때마다 느끼는 것이지만 이 특혜자들 역시 우리를 시샘하고 있다. 우리가 신비와 미지의 것을 경험하고 있다는 것이 은근히 부러운 모양이다. 정작 우리는 우리와 그들을 갈라놓는 무(無)의 장벽을 지각하지 못하는데, 우리가 없는 동안에도 삶을 계속 영위하는 그들은 오히려 그것을 민감하게 느끼기 때문에 더욱 샘이 나는 것이다. 그들은 상대적인 죽음을 마치 휴가처럼 여기면서 자기들은 사슬에 매여 있다고 느낀다. 대체로 그들은 염세주의에 잘 빠지고 공격적인 태도를 보이는 경향이 있다. 그에 반해서 나와 같은 범주에 속하는 사람들은 언제나 시간이 빨리 흐른다고 느끼면서 더욱 빠른 생활 리듬을 따르다 보니 명랑한 기분으로 사는 경우가 많다.

　나는 말레프루아와 점심을 같이 하면서 위와 같은 생각을 하고 있었다. 그는 모든 게 시들하다는 듯 빈정거리기도 하고 퉁명스럽게 쏘아붙이기도 하면서 나로 하여금 나의 불운을 슬퍼하며 삶에 대한 의욕을 잃게 하고 자기의 행운을 돋보이게 하려고 무척 애를 쓰는 듯했다. 나를 설득하기보다는 자기 자신이 그렇게 믿고 싶어서 그러는 것 같았다. 그는 마치 적국에서 온 친구를 대하듯이 나를 대하고 있었다.

5월 8일

아침에 어떤 사람이 찾아와 생존 시간 배급표를 장당 200프랑에 팔겠다고 제안했다. 그는 팔 것이 오십 장쯤 있다고 했다. 나는 매몰차게 그를 쫓아버렸다. 마음 같아서는 놈의 엉덩이에 발길질이라도 하고 싶었지만 놈의 어깨가 너무 딱 바라져서 참았다.

5월 10일

오늘 밤이면 로캉통이 세번째로 상대적인 죽음에 들어간 지 나흘이 된다. 그 이후로 그의 아내를 보지 못했다. 하지만 그녀가 젊다는 것말고는 자랑할 게 없는 하찮은 금발머리 놈팡이에게 미쳐 있다는 사실을 조금 전에 알았다. 내가 보기에 녀석은 멍청한 수송아지이고 영락없는 날라리다. 그러거나 말거나 내가 상관할 바는 아니다. 그 멍청한 여자에게는 도대체 사람 보는 안목이 없다. 나는 진작부터 그 사실을 알고 있었다.

5월 12일

바야흐로 생존 시간 배급표의 암시장이 대규모로 형성되고 있다. 거간꾼들은 가난한 사람들을 찾아 다니면서 며칠 치의 삶을 팔아 가족의 부족한 생계 수단을 보충하라고 설득했다. 노동자였다가 퇴직한 노인들, 남편은 감옥에 가고 마땅한 일자리마저 없는 여자들 역시 거간꾼들의 봉이다. 배급표의 시세는 현재 200프랑에서 250프랑 사이에 형성되어 있다. 가격이 훨씬 더 오르리라고는 생각하지 않는다. 고객층은 주로 부자들이나 그런 대로 살림이 넉넉한 사람들로 이루어지는데, 그들의 수는 가난한 사람들에 비해서 아무래도 상당히 제한적일 수밖에 없기 때문이다. 게다가 사람의 목숨이 그렇게 천한 상품처럼 거래되는 것을 용인하지 않는 사람들도 적지 않다. 나 역시 양심을 저버리는 짓은 하지 않을 것이다.

5월 14일

뒤몽의 아내가 생존 시간 카드를 분실했다. 난처한 일이다. 새 카드를 발급받으려면 적어도 두 달은 기다려야 하기 때문이다. 그녀는 남편이 자기를 떼어놓고 싶어서 카드를 감춘 거라고 지청구를 했다. 나는 뒤몽이 그렇게까지 음흉한 사람이라고는 생각하지 않는다.

올해는 유난히 봄이 화창하고 아름답다. 모레가 되면 이런 봄날을 두고 다시 죽어야 한다. 못내 아쉽다.

5월 16일

어제 클림 남작부인 집에서 저녁을 먹었다. 손님 중에서 완전 생존 자격 보유자는 들라본 주교뿐이었다. 어떤 사람이 배급표의 암거래에 관한 이야기를 하길래 나는 그런 짓이 행해지는 것을 수치스럽게 생각한다고 발끈하며 나섰다. 나는 더할 나위 없이 진지했다. 어쩌면 아카데미의 신입회원 결정 투표에서 몇 표를 좌우할 수 있는 들라본 주교에게 좋은 인상을 심어주고 싶어서 그랬는지도 모른다. 그런데 좌중의 분위기가 이내 썰렁해지는 느낌이 들었다. 주교는 나에게 호의 어린 미소를 지어 보였다. 마치 전도의 열정에 불타는 젊은 사제의 신앙 고백을 들었을 때 짓는 미소 같았다. 사람들은 화제를 바꾸었다.

저녁식사를 끝내고 모두 응접실에 모였을 때, 남작부인이 나직한 목소리로 내게 배급표의 암거래에 관한 이야기를 하기 시작했다. 부인은 우선 이론의 여지 없이 뛰어난 나의 작가적 능력과 내 사유의 깊이를 칭찬하고 내가 중요한 역할을 수행해야 한다고 강조하였다. 그런 다음, 나처럼 사상을 풍요롭게 하고 이 나라를 위대하게 만드는 일에 헌신하는 사람들은 되도록 살아 있는 시간을 늘릴 필요가 있고 그것을 도덕적인 의무로 삼아야 한다고 지적했다. 내가 동요하는 빛을 보이자, 부인은 다른 손님들을 토론에 끌어들였다. 손님들은 거의 만장일치로 나의 도덕적인 거리낌을 비난했다. 그 부질없는 거리낌으로 말미암아 감상벽(感傷癖)의 안개 속에서 올바른 정의의 길을 보지 못하고 있다는 거였다. 주교에게 의견을 말해달라고 청하자 그는 가부(可否)를 잘라 말하지 않고 많은 뜻이 담긴 비유를 들어 자기 생각을 밝혔다. 그 비유는 이러하다. 부지런한 농부가 한 사람 있는데 그에게는 땅이 없다. 그런데 그의 이웃사람들은 땅을 황무지 상태로 버려두고 있다. 부지런한 농부는 그 게으른 이웃들에게서 땅을 사들여 갈고 씨를 뿌려 풍성한 수확을 거둔다. 그 수확물은 만인에게 이익이 된다.

어제 나는 그렇듯 말솜씨가 좋은 좌중에 설득을 당했다. 그리고 오늘 아침까지도 그들의 말이 옳다는 믿음이 남아 있던 터라 배급표 다섯 장을 구입했다. 추가로 주어진 이 닷새 동안의 삶을 헛되이 보내지 않기 위하여 시골에 은거하며 열심히 글을 쓸 생각이다.

5월 20일

나흘 전부터 노르망디 지방에 와 있다. 몇 차례 산책을 나갔던 것말고는 나의 시간을 온전히 글쓰기에 할애하고 있다. 농부들 중에는 생존 시간을 제한당하는 사람이 별로 없다. 늙은이들조차 한 달에 25일 동안 살 권리를 누리고 있는 형편이다. 지금 쓰고 있는 책의 한 장(章)을 끝내려면 하루가 더 필요할 듯해서 어떤 늙은 농부에게 배급표 한 장을 팔라고 부탁했다. 얼마를 주겠느냐고 묻기에, 파리에서는 200프랑이면 한 장을 살 수 있다고 대답했다. 그러자 노인은 이렇게 소리쳤다.

"농담이라도 그런 말씀 마시오. 새끼 돼지 한 마리 값이 이백 프랑인데, 그 돈으로 내 하루 목숨을 사겠다는 거요?"

나는 더이상 흥정하지 않고 거래를 그만두었다. 내일 오후에 기차를 타고 밤에 파리에 도착하여 집에서 죽을 생각이다.

6월 3일

참으로 낭패스러운 일을 겪었다. 기차가 꽤 오랜 시간을 연착하는 바람에 문제의 일시적인 죽음이 파리에 도착하기 몇 분 전에 찾아왔다. 다시 삶으로 돌아와 보니 좌석은 내가 원래 앉아 있던 좌석인데 차량은 낭트에 있는 차량 기지의 한 선로 위에 있었다. 게다가 전에도 그랬듯이 나는 완전히 벌거숭이였다. 거기에서 집에까지 오는 동안 난처한 일과 자존심 상하는 일을 얼마나 많이 겪었는지 모른다. 그 일을 생각하면 아직도 울화가 치민다. 그나마 다행인 것은 내가 타고 있던 칸에 아는 사람이 있어서 나에게 일시적인 죽음이 찾아온 뒤에 그 사람이 내 옷가지를 집으로 보내주었다는 것이다.

6월 4일
아르고스 극단의 여배우인 멜리나 바댕을 만났다. 그녀는 내게 얼토당토않은 이야기를 했다. 그녀의 팬들 중에서 몇몇이 자기들의 생존 시간 배급표 일부를 한사코 그녀에게 양보하기를 자청해 지난 5월 15일에는 그렇게 해서 생긴 배급표가 스물두 장이나 되었다고 한다. 그런데, 그녀는 그것들을 모두 사용했노라고 주장하고 있다. 그럼으로써 지난달에 36일을 살았다는 것이다. 나는 그녀의 말에 농담으로 응대해야 하리라 생각하고 이렇게 말했다.
"그 오월은 정말 여자에게 친절한 달이군요. 당신 한 사람을 위해서 닷새나 길어지는 친절을 베풀었으니 말이에요."
멜리나는 나의 회의적인 태도를 진심으로 유감스럽게 여기는 듯했다. 나는 그녀의 머리에 탈이 난 것으로 믿고 싶다.

6월 11일
로캉통네 집에 말썽이 생겼다. 나는 그런 일이 있은 줄을 오늘 오후가 되어서야 알았다. 지난 5월 15일 뤼세트는 그 금발의 젊은 놈팡이를 집으로 불러들였고, 그날 자정에 두 사람은 함께 일시적인 죽음에 빠져들었다. 두 사람이 다시 삶으로 돌아와 자기들이 잠들었던 침대에서 깨어났다. 그런데 침대에는 그들만 있는 게 아니었다. 로캉통이 그들 두 사람 사이에서 다시 살아났기 때문이다. 뤼세트와 금발머리 겉멋쟁이는 서로 모르는 사이인 척했지만, 로캉통은 도저히 믿을 수 없는 일로 여기고 있다.

6월 12일

생존 시간 배급표가 엄청난 가격으로 거래되고 있다. 500프랑 미만의 가격으로는 더이상 그것을 구할 수 없다. 가난한 사람들은 삶에 더욱 인색해지고 부자들은 삶에 더욱 욕심이 생긴 모양이다. 이 달 초에 한 장당 200프랑을 주고 배급표 열 장을 샀다. 그리고 그 다음날 오를레앙에서 앙투안 삼촌이 보낸 편지를 받았는데, 삼촌은 배급표 아홉 장을 편지에 동봉했다. 이 가엾은 어른은 류머티즘으로 너무나 심하게 고생하던 나머지 차라리 일시적으로 죽어 있는 동안에 상태가 호전되기를 기다리기로 결심한 터였다. 이리하여 나는 열아홉 장의 배급표를 손에 넣게 되었다. 본래의 내 몫이 열여섯 장이고 이 달은 30일까지 있으므로 다섯 장이 남는다. 그것을 파는 데에는 어려움이 없을 것이다.

6월 15일

어제 저녁에 말레프루아가 집에 들렀다. 그는 기분이 아주 좋아 보였다. 자기처럼 한 달을 온전히 살기 위해서 부자들이 거금을 들이고 있다는 사실에 낙천성을 되찾은 모양이었다. 하긴 그런 사람들이 있으니 완전 생존 자격 보유자들의 처지가 남들의 부러움을 사고 있다는 확신이 들 만도 했다.

6월 20일

악착스럽게 일을 하고 있다. 몇 가지 소문이 사실이라면 지난달에 36일을 살았다고 주장한 멜리나 바댕은 어쩌면 정신이 이상해진 것이 아닐지도 모른다. 사실 많은 사람들이 지난 5월에는 31일 이상을 살았노라고 자랑하고 있기 때문이다. 나 역시 여러 사람에게서 그런 이야기를 들었다. 사정이 그러하다 보니 그런 터무니없는 이야기를 곧이곧대로 믿는 어수룩한 사람들도 적지 않은 듯하다.

6월 22일

로캉통은 자기를 배신한 뤼세트에게 앙갚음을 하려고 암시장에서 만여 프랑어치의 배급표를 사서 자기 혼자만 사용하고 있다. 뤼세트는 이미 열흘 전부터 생의 피안에 건너가 있다. 내가 보기에 로캉통은 아내에게 그토록 가혹하게 굴었던 것을 후회하고 있다. 고독감이 그를 잔인하게 짓누르고 있는 듯하다. 그의 모습이 거의 몰라볼 정도로 변했다.

6월 27일

지난 5월이 길어지는 바람에 몇몇 사람들이 혜택을 입었다는 소문이 점점 신빙성을 얻어가고 있다. 라베르동처럼 신뢰할 만한 사람조차 그

달에만 35일을 살았노라고 내게 주장했다. 생존 시간 배급 제도 때문에 많은 사람들이 돌아버린 건 아닌지 걱정스럽다.

6월 28일

어제 아침에 로캉통이 세상을 떠났다. 마음의 고통이 너무 컸던 것이 아닌가 싶다. 이번에는 상대적인 죽음이 아니라 진짜 죽음이다. 장례는 내일 치러질 것이다. 뤼세트는 7월 1일에 다시 삶으로 돌아오면 자기가 과부가 되어 있음을 알게 될 것이다.

6월 32일

시간에는 아직 우리가 알지 못하는 지평이 있음을 인정하지 않을 수 없다. 아무리 이해하려고 해도 이해할 수 없는 일이 벌어지고 있다. 어제 아침 어떤 가게에 들어가 신문을 사려고 하는데, 신문의 날짜가 6월 31일로 되어 있었다.

"아니, 이 달이 31일까지 있었나?"

내가 그렇게 말하자, 수년 전부터 알고 지내온 가게 여주인은 이해할 수 없다는 듯한 표정으로 나를 바라보았다. 나는 신문기사의 제목으로 눈길을 돌렸다.

'처칠 수상 6월 39일에서 6월 45일 사이에 뉴욕 방문'

가게를 나와 거리를 걷다가 두 남자의 대화를 듣게 되었는데, 그중의 하나가 이런 말을 했다.

"37일엔 오를레앙에 가야 해."

조금 더 걷다가 얼이 빠진 표정으로 돌아다니던 봉리바주와 마주쳤다. 그는 세상이 어떻게 돌아가는지 모르겠다며 아연해하고 있었다. 나는 그에게 용기를 주려고 애썼다. 그저 세상일이 닥쳐오는 대로 받아들일 수밖에 없지 않느냐면서.

오후 서너시경에 나는 다음과 같은 사실을 알아차렸다. 완전 생존 자격 보유자들은 시간의 흐름에 이상이 생겼음을 전혀 의식하지 못하고 있다. 6월이 길어진 것에 어리둥절해하는 사람들은 나처럼 불법적으로 이 연장된 시간을 살고 있는 자들뿐이다. 말레프루아를 만나 내가 놀라고 있는 것에 대해 이야기를 했지만, 그는 내가 무슨 말을 하는지 전혀 이해하지 못했고 오히려 내가 정신이 이상해진 것으로 생각했다.

하지만 시간이 새끼를 쳐서 6월이 길어지건 말건 내게는 중요하지 않다. 어제 저녁부터 한 여자를 미치도록 사랑하게 되었으니 말이다. 나는 바로 말레프루아의 집에서 그녀를 만났다. 우리는 서로를 보자마자 첫눈에 반해버렸다. 아, 사랑스런 엘리자.

6월 34일
어제와 오늘 엘리자를 다시 보았다. 드디어 내 일생일대의 여인을 만났다는 생각이 든다. 우리는 결혼을 약속했다. 엘리자는 내일 비점령 지역으로 삼 주간의 여행을 떠난다. 우리는 그녀가 돌아오면 결혼식을 올리기로 결정했다. 나는 행복하다. 너무나 행복해서 이 일기에서조차 그것을 말로 다 표현할 수가 없다.

6월 35일

엘리자를 역에 바래다주었다. 열차에 오르기 전에 그녀는 내게 이렇게 말했다.

"어떻게 해서든 6월 60일 전에는 돌아올게요."

그런데 가만히 생각해보니 그 약속 때문에 걱정이 된다. 내 배급표는 오늘이면 다 떨어지는데, 내일은 도대체 며칠일까?

7월 1일

사람들에게 6월 35일에 관해서 이야기했더니 내 말을 도통 이해하지 못한다. 그들의 기억 속에는 그 닷새의 흔적이 전혀 없다. 다행히 나처럼 불법적으로 삶을 연장했던 사람들을 몇 명 만나 이야기를 나눌 수 있었다. 참으로 기이한 대화였다. 내가 느끼기엔 어제가 6월 35일인데, 다른 사람들은 어제를 32일이나 43일로 생각하고 있었다. 6월 66일까지 살았다는 사람을 식당에서 만나기도 했다. 배급표를 참 많이도 구했던 모양이다.

7월 2일

엘리자가 여행중일 거라고 생각했기 때문에 굳이 연락할 필요를 느끼지 않았다. 그러다가 문득 혹시나 하는 생각이 들어서 그녀의 집에 전화를 걸었다. 엘리자는 집에 있었다. 그런데 내가 누구인지를 모르고 나를 만난 적도 없다고 한다. 최선을 다해서 그녀에게 사정을 설명했다. 짐작이 잘 안 가겠지만 그녀가 나와 함께 황홀한 며칠을 보냈노라고. 엘리자는 내 말을 조금도 믿지 않았지만 흥미를 느끼면서 목요일에 나를 만나겠다고 했다. 모든 게 허사로 돌아가는 것만 같아 불안하기 짝이 없다.

7월 4일

신문들이 온통 '배급표 사건'에 관한 기사로 가득 차 있다. 생존 시간 카드의 암거래가 이 계절의 가장 큰 스캔들이 될 것이다. 부자들이 생존 시간 배급표를 매점하는 바람에 그 동안 애써 이룩해놓은 식량 절약 체제가 거의 무용지물이 되었다고 한다. 게다가 몇몇 사람들의 유별난 행태가 세간에 알려지면서 사건의 파문이 더욱 확산되고 있다. 그들 중에서 아주 큰 부자인 바데 씨의 경우를 예로 들자면, 그는 6월 30일에서 7월 1일 사이에 무려 1천9백67일, 즉 5년하고도 4개월을 살았다고 한다.

오늘 오후에 유명한 철학자 이브 미로노를 만나 그 사건에 관해 이야기를 나누었다. 지난 6월에 생존한 기간이 사람마다 다르다는 점에 대하여 그는 이렇게 설명했다. 사람은 누구나 수십억 년의 세월을 산다. 그러나 우리 의식의 한계 때문에 이 무한한 세월을 지극히 찰나적이고 단속적(斷續的)으로밖에 경험할 수 없고, 그런 경험들이 모여 우리의 짧은 생애를 이룬다는 것이다. 그는 훨씬 더 기묘한 이야기들을 했지만 나는 그의 말을 별로 이해하지 못했다. 사실 나는 딴 곳에 정신을 팔고 있었다. 내일은 엘리자를 만나기로 되어 있는 날이다.

7월 5일

　엘리자를 만났다. 아아, 이 일을 어찌하랴! 모든 게 허사가 되었고 더이상 아무런 희망도 없다. 물론 엘리자는 내가 진지하게 이야기하고 있다는 것을 의심하지 않았다. 어쩌면 내 이야기에 감동을 받았는지도 모른다. 하지만 이야기가 진지하다는 것만으로는 그녀의 마음에 애정이나 호감을 불러일으킬 수 없었다. 아무래도 그녀의 마음은 말레프루아에게 가 있는 것 같았다. 어쨌거나 나의 웅변은 아무 소용이 없었다. 지난 6월 31일에 우리 두 사람 사이에 튀었던 불꽃은 한낱 우연이었고 일시적인 기분의 소치였다. 이런 일을 겪은 나에게 영혼들의 친화를 운위할 자 누가 있으랴! 나는 영벌을 받은 영혼처럼 고통을 겪고 있다. 이 고통의 끝에서 잘 팔릴 책이나 한 권 얻을 수 있으면 좋겠다.

7월 6일

　생존 시간 카드를 폐지하는 법령이 공포되었다. 폐지되든 말든 나하고는 상관없는 일이다.

속담

자코탱 씨는 주방의 식탁에 모여 앉은 식구들을 둘러보았다. 천장에 길게 매달린 전등의 환한 불빛을 받으며 식구들은 음식 위로 몸을 구부린 채 그를 힐끗거리고 있었다. 가장의 기분이 상할까봐 저어하는 눈치였다. 그는 가족을 위한 자기의 헌신과 희생을 지나치게 의식하고 가정의 법도에 시시콜콜히 신경을 쓴 탓에 오히려 불공정하고 전제적인 가장이 되어가고 있었다. 게다가 언제 폭발할지 모르는 그의 욱하는 성미 때문에 집안 분위기가 늘 거북스러웠고, 그는 또 그런 분위기 때문에 짜증이 나곤 했다.

그날 오후에 그는 자기가 문화훈장의 수훈자로 추천되었다는 사실을 알게 되었다. 하지만 그 소식을 바로 식구들에게 알리는 것을 자제하고 저녁식사가 끝날 때까지 기다리기로 했다. 그는 마지막으로 치즈를 한 입 베어물고 포도주 한 잔을 마신 다음, 말문을 열 채비를 했다. 그런데 분위기가 왠지 마음에 들지 않았다. 행복한 소식을 전하기 위한 분위기로 그가 바랐던 것과는 너무 거리가 멀었다. 그는 식탁에 둘러앉은 식구들을 차례차례 살펴보았다. 먼저 아내에게 눈길이 멎었다. 그녀의 초라한 모습과 그늘진 표정은 동료들 보기에 창피하다는 느낌을 주곤 한다. 다음으로 그는 쥘리 고모에게 눈길을 돌렸다. 나이가 많다는 것과 죽을 병에 걸렸다는 것을 내세우며 집안에 눌러앉은 이 노인 때문에 칠년 동안 적지 않은 돈이 들었다. 노인이 죽고 나서 물려받을 재산보다 많은 돈이 들어갔을 게 틀림없다. 그 다음에는 두 딸아이다. 맏이는 열여덟 살이고 둘째는 열일곱 살이다. 둘 다 가게점원으로 한 달에 고작 500프랑을 버는 주제에 옷은 공주처럼 입으며 팔찌시계를 차고 금으로 된 핀 장식을 옷에 꽂는 등 분에 넘치는 치장을 한다. 어쩌면 그렇게 씀씀이가 헤플 수 있는지 그저 놀라울 뿐이다. 자코탱 씨는 문득 자기 재산을 도둑맞고 있다는 씁쓸한 기분이 들었다. 자기가 흘린 땀의 결실은 남이 가져가고 자기는 그저 우스꽝스러운 봉이 된 듯한 기분이었다. 술기운이 단번에 머리로 뻗치면서 그렇지 않아도 불그스레하던 그의 넓적한 얼굴이 더욱 벌겋게 달아올랐다.

마음이 그렇게 언짢아 있던 참에 그의 눈길이 아들 뤼시앵에게 쏠렸다. 열세 살 난 이 아이는 식사가 시작될 때부터 줄곧 아버지의 주의를 끌지 않으려고 애쓰고 있었다. 아버지는 아들의 얼굴이 핼쑥해지는 것을 보면서 뭔가 수상쩍은 데가 있음을 눈치챘다. 아이는 고개를 들지 않았지만 아버지가 자기를 살피고 있음을 느끼면서 초등학생들이 입는 검은 덧옷의 주름을 두 손으로 만지작거리고 있었다. 아버지가 조짐이 좋지 않은 목소리로 퉁을 놓았다.

"그걸 찢어야 속이 시원하겠니? 어떻게서든 그걸 찢고 싶어서 그러는 거냐?"

아이는 옷을 놓고 두 손을 식탁 위에 올려놓았다. 그러고는 접시 위로 고개를 숙인 채 누나들의 눈길에서 위안을 구할 엄두도 못 내고 다가오는 불행에 자신을 내맡기고 있었다.

"내 말 안 들리냐? 어른이 물으시면 뭐라고 대꾸가 있어야지. 보아하니 너 마음에 뭔가 찔리는 것이 있구나?"

아이는 겁먹은 눈길로 그렇지 않다는 뜻을 나타냈다. 그런 눈길로 아버지의 의심이 풀리기를 기대한 건 아니었지만, 자기의 눈에 두려움의 기색이 어린 것을 보지 못하면 아버지가 실망하리라는 것을 아이는 알고 있었다.

"분명해. 너 뭔가 찔리는 게 있어. 오늘 오후에 무얼 했는지 말해보겠니?"

"오늘 오후엔 피숑하고 같이 있었어요. 그애가 두시에 나를 데리러 오겠다고 했어요. 그애와 함께 집에서 나가다가 심부름을 가고 있던 샤퓌조를 만났어요. 우리는 먼저 몸이 편찮으신 샤퓌조네 삼촌을 보러 병원에 갔어요. 그저께부터 간 쪽에 통증을 느끼시고 있대요……"

하지만 그는 시시콜콜한 이야기로 자기의 관심을 딴 데로 돌리려는 의도를 알아채고 아이의 말을 끊었다.

"남의 간에 네가 왜 신경을 써? 내가 아플 때도 그렇게 안 하면서. 그런 얘기말고 오늘 오전엔 어디에 있었는지 말해봐."

"푸르몽과 함께 푸앵카레 대로에 가서 간밤에 불탄 집을 구경했어요."

"그러니까 하루 종일 바깥에 있었다는 애기니? 아침부터 저녁까지? 물론 숙제를 다 해놨으니까 목요일*을 그렇게 놀면서 보냈겠지?"

아버지는 짐짓 다정한 목소리로 이 마지막 말을 했다. 그 목소리에 다른 식구들은 모두 숨을 죽였다.

"숙제요?"

뤼시앵은 그렇게 중얼거렸다.

"그래, 네 숙제."

"공부는 어제 학교에서 돌아온 뒤에 했어요."

"어제 저녁에 공부를 했느냐고 묻는 게 아니라, 내일 가져갈 숙제를 다 했느냐고 묻고 있는 거야."

식구들은 저마다 사태가 점점 심각해져간다는 것을 느끼고 할 수만 있다면 나쁜 일이 벌어지는 것을 막고 싶었다. 하지만 상황이 이쯤 되면 누가 어떤 식으로 나서든 사태를 악화시키고 난폭한 가장의 화를 돋울 뿐이라는 것을 그들은 경험을 통해 알고 있었다. 뤼시앵의 두 누나는 모르는 척하는 게 상책이라고 여겼는지 공연히 딴청을 피우고 있었고, 어머니는 괴로운 장면을 너무 가까이에서 지켜보기가 싫어서 찬장 쪽으로 가버렸다. 한편 자코탱 씨는 분노가 폭발하기 직전이었지만 문화훈장에 관한 소식을 묻어둘까 말까 하고 아직 망설이고 있었다. 하지

---

* 예전에 프랑스의 초등학생들은 목요일에 학교를 가지 않았다. 현재는 수요일이 휴일이다. (옮긴이)

만 쥘리 고모는 측은지심에 이끌려 잠자코 보고만 있을 수가 없었다.

"너도 참 딱하다. 노상 애를 그렇게 들볶아대니 말이야. 어제 저녁에 공부했다고 하지 않니. 애도 놀 땐 놀아야지."

자코탱 씨는 기분이 상하여 퉁명스럽게 대꾸했다.

"내 아들 내가 교육시키는데 이래라저래라 간섭하지 마세요. 나는 이 애의 아버지로서 할 도리를 하는 거고 내 방식대로 이 아이를 가르치고 싶으니까요. 애들이 제멋대로 구는 것을 다 받아주고 싶으시면, 고모님이 자식을 낳거든 그때 가서 마음껏 하시라구요."

일흔세 살의 쥘리 고모는 자기보고 자식을 낳으라고 하는 건 자기를 비꼬는 것임을 알아채고는 감정이 상하여 주방에서 나가버렸다. 뤼시앵은 안쓰러워하는 눈길로 할머니의 뒷모습을 좇았다. 할머니는 어둠침침한 옆방으로 들어가 더듬거리며 전등 스위치를 찾은 다음 방문을 닫았다. 그러자 자코탱 씨는 다른 식구들을 증인으로 삼아 노인이 자리를 박차고 나갈 만큼 자기가 심한 말을 하지는 않았다고 발뺌하면서, 노인이 오히려 자기를 무례한 사람으로 보이게 만들었다고 투덜거렸다. 그의 아내도 식탁을 치우기 시작한 딸들도 그의 말에 맞장구를 치고 싶은 마음이 들지 않았다. 그랬더라면 긴장된 분위기가 조금 누그러졌을지도 모른다. 아내와 딸들의 침묵은 그에겐 또하나의 모욕이었다. 그는 다시 뤼시앵을 닦달했다.

"왜 아직 대답이 없지? 숙제를 한 거야, 안 한 거야?"

뤼시앵은 꾸물거려봐야 전혀 득이 될 게 없음을 깨닫고 에라 모르겠다 하는 심정으로 대답했다.

"국어 숙제를 하지 않았어요."

아버지의 눈에 고마워하는 기색이 스치고 지나갔다. 아들녀석을 다그친 보람이 있어서 다행이었다.

"왜 안 했는지 말해보겠니?"

뤼시앵은 자기도 모르겠다는 뜻으로, 그리고 마치 질문이 너무 엉뚱해서 놀랍다는 듯이 어깨를 치켜올렸다.

아버지는 아이를 노려보면서 중얼거렸다.

"이 녀석 혼이 좀 나야겠구먼."

아버지는 이렇다 할 이유도 없이 숙제를 하지 않고도 전혀 반성하는 기색을 보이지 않는 아들이 얼마나 뻔뻔한 녀석인가를 생각하면서 잠시 침묵을 지켰다.

"내가 이럴 줄 알았어."

그의 말이 연설조가 되면서 목소리가 격앙되기 시작했다.

"한두 번도 아니고 이러다가 아예 버릇이 되겠구나. 선생님이 내일까지 해오라고 국어 숙제를 내주신 게 지난 금요일이야. 그러니까 너에게는 숙제를 할 시간이 일 주일이나 있었는데도 너는 시간을 내지 않았어. 만일 내가 얘기를 꺼내지 않았으면 너는 숙제를 하지 않은 채로 학교에 갔을 거야. 숙제를 안 한 것도 문제지만 그보다 더 나쁜 건 네가 빈둥빈둥 돌아다니면서 휴일을 보냈다는 거야. 그것도 누구하고 돌아다녔지? 피숑, 푸르몽, 샤퓌조 같은 애들이야. 모두 반에서 꼴찌만 하는 열등생들이지. 너처럼 공부하고는 담 쌓은 애들이란 말이야. 유유상종이라더니 너희들이 바로 그 꼴이구나. 물론 베뤼샤르 같은 아이하

속담 81

고 노는 건 생각조차 안 해보았을 거야. 너는 모범생하고 노는 걸 수치스럽게 여길 테니까 말이지. 하긴 네가 베뤼샤르와 놀고 싶어해도 그애가 놀아주지 않을 거야. 내가 보기에 그애는 노는 걸 좋아하지도 않고 빈둥거리며 시간을 허비하지도 않아. 그애가 그러거나 말거나 너하곤 상관없다고 생각하겠지. 그러나 네가 놀 때 베뤼샤르는 공부를 하기 때문에 그애는 항상 우등생이 되는 거야. 지난주에 나온 성적만 보더라도 그애는 너보다 삼 등이나 앞섰어. 나는 그애 아버지랑 하루 종일 같은 사무실에 있어. 그는 나보다 능력이 한참 떨어지는 사람인데, 그의 아들이 내 아들보다 공부를 잘 한다는데 내 기분이 좋겠니? 걔 아버지는 부지런하다고 할 수는 있어도 능력은 형편없는 사람이야. 생각하는 것도 그렇고 일하는 것도 마찬가지야. 도무지 자기 나름대로 생각할 줄 모르는 사람이지. 그 사람 자신이 그 점을 잘 알고 있어. 우리가 이런 저런 화제를 놓고 토론을 벌일 때면 그는 내 앞에서 기를 못 펴지. 그러다가도 자기 아들 얘기만 나오면 기고만장해져. 자기 아들이 반에서 늘 일등만 한다 이거지. 그런 얘기를 들을 때면 내 체면은 엉망이 되고 말아. 나는 자식복이 없어서 베뤼샤르 같은 아들을 두지 못했거든. 국어에서도 일등, 산수에서도 일등, 게다가 상이란 상은 다 차지하는 그런 아들을 말이야. 뤼시앵, 그 냅킨꽂이 좀 가만히 둘 수 없겠니? 내 말을 그렇게 건성으로 듣는 건 참을 수가 없구나. 내 말을 듣고 있기나 하는 거니? 꼭 따귀를 맞아야 정신 차리겠니? 그래야만 내가 네 애비라는 걸 알겠느냐고, 이 게으름뱅이, 불한당, 멍청이 같은 녀석아! 그래 일 주일 전에 내준 숙제를 아직도 안 했단 말이냐? 네가 조금이라도 인정이 있는 녀석이라면, 아니면 내가 얼마나 고생하는지 생각할 줄 아는 녀석이라면 이렇게 행동하지는 않을 게다. 아니야, 뤼시앵. 넌 나를 생각하는 애가 아니야. 네가 그런 애였다면 벌써 숙제를 해놓았을 거야. 내가 얼마나 힘들게 일을 하는지, 우리 가족의 현재와 미래를 위해 얼마나 많이 걱정하고 불안해하는지 넌 몰라. 내가 일을 그만둘 나이가 되면 나를 먹여살릴 사람은 아무도 없을 거야. 남을 믿느니 자기 자신을 믿는 게 낫지. 나는 아무리 돈이 필요해도 남에게 아쉬운 소리를 해본 적이 없고, 아무리 처지가 궁해도 이웃사람에게 손을 빌리러 간 적이 없어. 내 부모 형제들의 도움을 받은 적도 없지. 네 할아버지는 내가 공부하도록 해주지 않으셨어. 네 나이 때에 나는 벌써 남의 밑에서 일을 배우고 있었지. 비가 오나 눈이 오나 정말 마소처럼 일을 했어. 겨울에는 동상이 걸렸고, 여름에는 땀에 전 셔츠가 등에 달라붙곤 했지. 그런데, 넌 편하게 놀고먹을 수 있어. 너무 착한 애비를 만난 덕이지. 하지만 이런 게 언제까지나 지속되는 건 아니야. 원 세상에, 일 주일 전에 내준 국어 숙제를 아직 안 하다니. 게으름뱅이, 너절한 녀석! 계속 그런 식으로 해봐. 꼴찌는 언제나 네 차지가 될 테니. 그런데도 나는 조금 전에 너희 모두를 데리고 이번 수요일에 빅토르 위고의 〈성주(城主)〉를 보러 가야겠다고 생각하고 있었어. 집에 돌아올 때만 해도 이런 일이 나를 기다리고 있을 줄은 몰랐어. 내가 집에 없으면 모든 것이 엉망이 될 게 뻔해. 애가 숙제를 했는지 안 했는지 챙기는 사람도 없을 거고 집안 꼴이 온통 개판이 될 거야. 그리고 이건 딴 얘기다만, 드디어 그날이 왔어……"

아버지는 잠시 뜸을 들였다. 쑥스러움과 겸허함이 뒤섞인 묘한 기분을 느끼면서 그는 살며시 눈길을 낮추었다.

"내가 문화훈장 수훈자로 추천되었음을 알게 되는 날 말이야. 그래, 오늘이 바로 그날이야."

그는 방금 자기가 한 말에 대한 식구들의 반응을 잠시 살폈다. 그러나 싫은 소리를 한참 늘어놓은 뒤끝인지라 그의 말이 제대로 이해되지 않은 것 같았다. 식구들은 모두 그가 마지막으로 한 말을 장황한 훈시의 여담으로만 들었을 뿐 그 말에 담긴 뜻을 알아차리지 못하고 있었다. 다만 그의 아내만이 남편이 지방 음악협회에서 무보수로 회계 일을 맡아온 공로를 내세워 두 해 전부터 포상을 기대해왔다는 사실을 알고 있는 터라 남편의 입에서 뭔가 중요한 이야기가 나왔다는 느낌이 드는 것이었다. 문화훈장이라는 말의 울림이 이상하게도 귀에 설지 않았고, 명예 음악가의 모자를 쓴 차림으로 야자나무의 우듬지에 말 타듯 걸터앉은 남편의 모습을 떠올리게 했다. 남편의 말을 귀담아듣지 않은 것에 대한 걱정이 고개를 들면서 그녀는 마침내 자기가 상상한 그 시적(詩的)인 장면의 의미를 깨달았다. 그리하여 그녀는 입을 열어 조심스럽게 자기의 기쁨을 표현하고자 했다. 그러나 때가 너무 늦었다. 자코탱 씨는 이미 식구들의 데면데면함에 기분이 씁쓸해질 대로 씁쓸해진 터라, 그들의 침묵 때문에 생긴 모욕감이 아내의 말 한 마디로 누그러지지나 않을까 염려하는 사람처럼 서둘러 그녀의 말을 막았다. 고통에 찬 냉소를 흘리며 그가 말했다.

"이야기 계속하자. 그러니까 내 말은 일 주일이나 시간이 있었는데도 네가 국어 숙제를 안 했다는 거다. 그래, 너에겐 일 주일이나 시간이 있었어. 생각해봐. 베뤼샤르도 너처럼 했겠니? 난 그애라면 일 주일이나 엿새나 닷새가 지나도록 기다리지는 않았을 거라고 확신해. 사흘이나 이틀도 기다리지 않았을 거야. 베뤼샤르 같은 애는 바로 그 다음날 숙제를 해치웠을 게 뻔해. 그런데, 그 숙제가 뭔지 말해보겠니?"

뤼시앵은 아버지 말을 건성으로 듣고 있다가 대답을 못 하고 어물쩍거렸다. 그러자 대답을 재우치는 아버지의 불호령이 떨어졌다. 그 목소리는 세 개의 방문을 지나 쥘리 할머니의 방에까지 다다랐다. 할머니는 일이 어떻게 돌아가는지 알아보려고 얼굴을 찡그리며 잠옷 바람으로 달려왔다.

"무슨 일이냐? 대체 무엇 때문에 이애를 닦달하는 거야? 내가 좀 알아야겠다."

일이 고약하게 꼬이느라고 그랬는지, 자코탱 씨는 그 순간에 문화훈장에 관한 생각에 사로잡히는 바람에 인내심을 잃고 말았다. 아무리 화가 나도 그는 대개 점잖은 말로 자기 감정을 표현하곤 했다. 그런데 혼자 사는 게 안됐다 싶어 자기 집에 받아들인 노인이 곧 문화훈장을 받을 사람에게 거리낌없이 지껄여대는 그 말투가 그에게는 일종의 도발처럼 느껴졌다. 아무리 노인이라도 그렇게 막무가내로 나오면 상소리를 들어도 싸다는 생각이 들었다.

"오지랖이 넓기도 하군요. 왜 자꾸 나서고 그래요? 꼭 험한 소리를 들어야 직성이 풀리시겠어요? 좋아요. 못 할 것도 없지요. 에이 ××.*"

할머니는 조카가 자기에게 욕을 했다는 것이 도무지 믿기지 않아 눈을 동그랗게 뜨고 입을 벌린 채 그를 바라보다가 그만 정신을 잃고 바닥에 쓰러졌다. 주방에 비명 소리가 일고 주전자와 받침접시와 약병 따위를 달그락대는 소리가 뒤섞이며 한바탕 소동이 벌어졌다. 뤼시앵의 어머니와 누나들은 할머니 주위를 분주히 오가며 동정과 위로의 말을 건넸다. 그녀들의 말 한 마디 한 마디가 자코탱 씨의 마음에 비수가 되어 꽂혔다. 그녀들은 그와 눈이 마주치는 것을 피하고 있었지만, 어쩌다 그에게 얼굴을 돌릴 때면 눈길이 곱지 않았다. 그는 죄책감을 느끼고 노인을 측은하게 여기면서 자기가 너무 심한 말을 함부로 내뱉었음을 진심으로 후회했다. 그는 용서를 빌고 싶었다. 하지만 주위의 식구들이 너무나 따가운 눈총을 보내는 바람에 도리어 그의 오기가 덧나고 말았다. 식구들이 노인을 침실로 옮기고 있는 동안에 그가 쩌렁쩌렁한 소리로 말했다.

"다시 한번 묻겠다. 네 국어 숙제가 뭐지?"

"작문이에요. '잰 놈 뜬 놈만 못하다'라는 속담을 설명하는 거예요."

"그런데 왜 꾸물거리고 있니? 내가 보기엔 금방 해치울 수 있을 것 같은데."

뤼시앵은 동의의 뜻으로 고개를 끄덕거렸다. 그러나 아이의 얼굴에는 망설이는 빛이 역력했다.

---

* 프랑스어 원문에 '다섯 글자'라는 말로 표현되어 있다. 다섯 글자란 '똥'이라는 뜻의 단어 merde를 가리키는 것인데, 이 메르드는 프랑스어에서 가장 흔하게 나타나는 욕설이다. (옮긴이)

"지금이라도 늦지 않았으니까 공책 가져다가 내가 보는 앞에서 해라. 네가 숙제 끝내는 것을 내 눈으로 직접 봐야겠다."

뤼시앵은 주방 한구석에 팽개쳐놓은 책가방을 가져와서 연습장을 꺼낸 다음 쓰지 않은 면을 펼치고 상단에 '잰 놈 뜬 놈만 못하다'라고 썼다. 아무리 시간을 끌려고 해도 제목 하나를 쓰는 데에 채 5분도 걸리지 않았다. 제목을 다 쓰고 나자 아이는 펜대를 빨기 시작했다. 그러면서 써놓은 속담을 적의에 찬 표정으로 고집스럽게 바라보았다.

"영 하고 싶은 생각이 없는 모양이지? 네 마음대로 해. 난 하나도 급할 게 없으니까. 기다려야 한다면 밤새도록 기다리마."

아닌게아니라 아버지는 편하게 기다리는 자세를 취하고 있었다. 뤼시앵은 눈을 들어 아버지의 표정을 살폈다. 너무나 태평스러운 표정이었다. 꼼짝없이 밤을 새워야 할 판이었다. 아이는 속담에 대해서 곰곰이 생각해보려고 애썼다. '잰 놈 뜬 놈만 못하다.' 아이가 보기에 그것은 아무런 설명이나 예증이 필요없는 자명한 사실이었다. 라 퐁텐의 우화 「토끼와 거북이」가 생각났다. 어릴 때부터 싫증이 날 정도로 들어온 얘기였다.

한편 뤼시앵의 누나들은 쥘리 할머니를 자리에 누인 뒤에 설거지한 그릇을 찬장에 정돈하기 시작한 참이었다. 소리를 내지 않으려고 아무리 조심을 해도 덜그럭대는 소리가 나는 것은 어쩔 수 없었다. 자코탱 씨는 그 소리가 귀에 거슬렸다. 마치 딸들이 일부러 그릇 부딪치는 소리를 내서 뤼시앵에게 농땡이를 부릴 좋은 구실을 주고 있는 것만 같았다. 그때 갑자기 요란한 소리가 귀청을 때렸다. 어머니가 개수대 위에 떨어뜨린 쇠냄비가 타일 바닥에서 다시 튀어오르며 내는 소리였다. 자코탱 씨의 고함이 터져나왔다.

"조심해야지. 거 되게 짜증나게 하네. 이런 시장바닥 같은 곳에서 애가 어떻게 공부를 하겠어? 이애를 방해하려면 다들 나가라고. 설거지는 끝났으니 가서들 자란 말이야."

말이 떨어지기가 무섭게 여자들은 주방을 나갔다. 뤼시앵은 아버지의 포로가 된 기분이 들었다. 이제 잠을 자기는 영 글러버린 듯했다. 속담 하나에 매달려 죽을 고생을 하며 밤을 꼬박 새워야 한다고 생각하니 눈물이 나기 시작했다.

"그렇게 울면서 숙제가 잘도 되겠다. 바보 같은 짓 그만하고, 자 어서 해!"

목소리는 여전히 퉁명스러웠지만 그의 말투에는 아들을 측은히 여기는 마음이 조금 배어 있었다. 조금 전에 자기가 불러일으킨 소동을 부끄럽게 여기는 마음이 아직 남아 있던 터라, 아들에게라도 너그러운 모습을 보임으로써 자기의 그릇된 행동에 대한 죄책감을 덜고 싶었던 거였다. 뤼시앵은 아버지 말투의 미묘한 변화를 감지하고 더욱 큰 소리로 섧게 울었다. 눈물 한 방울이 연습장의 속담이 쓰인 자리 옆에 떨어졌다. 아버지는 마음이 짠해서 의자를 끌면서 식탁 주위를 돌아 아이 곁에 와서 앉았다.

"자, 눈물 닦고 이제 그만 울어. 너도 이제 어린애가 아니니까 내가 너를 나무랄 때엔 그게 다 널 위한 거라고 생각할 줄 알아야지. 나중에 어른이 되면 너는 '아버지가 옳았어'라고 말하게 될 거다. 엄해야 할 때 엄할 줄 아는 아버지만큼 아이에게 득이되는 건 없는 법이다. 바로 베뤼샤르 아버지가 어제 나에게 그런 말을 했다. 그 사람은 습관적으로 자기 아들에게 매질을 하는 모양이더라. 따귀를 때린다든가 발길질을 하는 것은 물론이고 가죽 채찍이나 쇠힘줄 채찍으로 때리기까지 한다는구나. 그럼으로써 좋은 결과를 얻고 있지. 그는 자기 아들이 올바로 자라날 거라고 확신하고 있어. 하지만 아이를 때린다는 건 나로선 못할 짓이야. 어쩌다 이렇게 너를 꾸짖을 때가 있긴 하지만 말이다. 어느 부모에게나 자식을 가르치는 자기들 나름의 방식이 있게 마련이지. 내가 베뤼샤르 아버지에게 했던 말이 바로 그거야. 나는 아이가 알아들을 수 있도록 잘 타이르는 편이 훨씬 낫다고 생각해."

아버지가 그렇게 좋은 말로 달래자 뤼시앵은 울음을 그쳤다. 아버지는 자기가 너무 물렁하게 군 게 아닌가 해서 조금 걱정이 되었다.

"남자 대 남자로 하는 이야기다만, 넌 이런 나를 유약한 사람으로 생각하는 건 아니겠지?"

"아니에요. 그럴 리가 있겠어요?"

뤼시앵은 확신에 찬 어조로 대답했다.

마음이 놓인 자코탱 씨는 온화한 눈길로 연습장에 적힌 속담과 걱정에 싸인 아들의 얼굴을 번갈아가며 바라보았다. 그는 별로 애를 쓰지 않고도 자기의 너그러운 모습을 보여줄 수 있겠다 싶어 상냥하게 말했다.

"내가 팔짱 끼고 그냥 보고만 있으면 새벽 네시가 돼도 못 끝내겠는걸. 자, 같이 해보자. '잰 놈 뜬 놈만 못하다'라는 속담을 설명해야 한다 이거지? 음, 잰 놈 뜬 놈만 못하다……"

조금 전까지만 해도 자코탱 씨는 이 숙제가 아주 쉬운 거라고 생각했다. 너무 쉬워서 코웃음이 날 정도였다. 그러나 막상 숙제에 대한 책임을 떠맡고 보니, 이게 결코 만만한 문제가 아니었다. 그는 걱정 어린 얼굴을 하고 속담을 여러 번 되읽었다.

"이건 하나의 속담이야."

"네, 그래요."

　뤼시앵은 그렇게 맞장구를 치고 든든한 마음으로 다음 말을 기다렸다. 아들이 철석같이 자기를 믿고 있는 기색을 보이자 자코탱 씨는 오히려 마음이 불안해졌다. 이 숙제에 아버지로서의 체면이 걸려 있다는 생각이 그를 초조하게 만들었던 것이다.

"이 숙제를 내주실 때 선생님이 아무 말씀도 안 하시더냐?"

"이렇게 말씀하셨어요. 「토끼와 거북이」이야기의 줄거리를 간추릴 생각은 하지 말아라. 너희들 스스로 예를 찾아보아라 하고 말이에요."

"그래, 맞아. 「토끼와 거북이」는 훌륭한 예지. 그 생각을 미처 못 했네."

"하지만 그 이야기는 예로 들지 말라고 하신걸요."

"그 이야기는 써먹지 말라 이거지. 그래, 물론 그래야지. 하지만 그렇게 가장 적절한 예를 활용하지 못하게 하면……"

　자코탱 씨는 조금 상기된 얼굴로 좋은 생각을 떠올리려고 애썼다. 하다 못해 허두를 뗄 문장이라도 생각이 났으면 좋겠다 싶었다. 하지만 상상력이 도무지 말을 듣지 않았다. 그는 걱정과 원망이 섞인 눈으로 속담이 적힌 연습장을 뚫어져라 바라보기 시작했다. 조금 전에 뤼시앵의 눈에 어려 있던 것과 똑같은 갑갑함의 기색이 그의 눈에도 조금씩 어리어 가고 있었다.

이윽고 한 가지 묘안이 떠올랐다. 바로 그날 아침에 읽은 신문기사 제목인 '군비 경쟁'을 소재로 삼아 이야기를 풀어나가자는 생각이었다. 그의 머릿속에서 이야기가 이런 식으로 술술 풀려나갔다. '어떤 나라에서는 기관총과 대포와 탱크와 전투기를 만들면서 오래 전부터 전쟁 준비를 하고 있다. 반면에 그 이웃 나라에서는 전쟁 준비를 게을리 한다. 그러다가 전쟁이 발발한다. 싸울 준비가 전혀 되어 있지 않은 이웃 나라는 뒤떨어진 것을 만회하려고 안간힘을 쓴다. 그러나 때를 놓친 뒤에 서두르는 것은 아무 소용이 없다.' 정말이지 아주 좋은 점수를 받을 만한 소재라는 생각이 들었다.

그런데 잠시 환해졌던 자코탱 씨의 얼굴이 대번에 다시 어두워졌다. 자기의 정치적 신념에 비추어 차마 군비 확대를 정당화하는 그런 편향된 예를 선택할 수는 없다는 생각이 든 거였다. 그는 너무나 정직해서 자기의 소신을 저버릴 수 없는 사람이었다. 하지만 어렵게 생각해낸 그 소재를 버린다는 건 어쨌든 아까운 일이었다. 군비에 대한 그의 정치적 견해는 확고부동한 것이었지만, 자기가 군비 확대를 도모하는 반동적인 정당의 지지자가 되지 않은 것에 대한 후회가 슬그머니 고개를 쳐드는 것은 어쩔 수가 없었다. 그런 정당의 지지자였다면 군비 경쟁이라는 소재를 양심에 전혀 거리끼지 않고 마음껏 다룰 수 있었을 거였다. 그는 문화훈장을 떠올리며 흐트러진 마음을 다잡았다. 그러나 마음은 여전히 갑갑하기만 했다.

뤼시앵은 느긋하게 이 숙고의 결과를 기다리고 있었다. 아이는 속담을 설명해야 하는 부담에서 풀려난 것으로 판단하고 그것에 대해서는 더이상 생각조차 하지 않고 있었다. 그러나 아버지의 침묵이 너무 오래 계속된다는 느낌이 들었다. 눈꺼풀이 무거워진 아이는 여러 차례 늘어지게 하품을 해댔다. 소재를 찾는 데에 골몰하여 오만상을 찌푸리고 있던 아버지는 아이의 하품 소리가 들릴 때마다 그것을 자기에 대한 질책으로 받아들였다. 속은 바싹바싹 타들어가는데, 아무리 머리를 쥐어짜도 도무지 떠오르는 게 없었다. 군비 경쟁이라는 소재가 그를 성가시게 했다. 그 소재가 문제의 속담과 딱 맞아떨어진다는 생각이 자꾸 들었다. 그러다 보니 그것을 잊어버리려고 애를 쓰면 쓸수록 생각이 더 났다. 그는 이따금 걱정 어린 눈길로 아들을 흘깃거렸다.

그는 아무래도 안 되겠다 싶어 자기의 무능함을 솔직하게 고백하려고 마음의 준비를 하고 있었다. 그때 문득 다른 소재 하나가 그의 뇌리에 떠올랐다. 강박관념처럼 끈질기게 달라붙어 있던 군비 경쟁에 대한 생각을 밀어내고 마침내 새로운 생각이 들어선 거였다. 이 두번째 소재 역시 경쟁에 관한 것이었다. 그러나 이번에는 정치적 신념이 전혀 문제가 되지 않았다. 두 팀의 조정(漕艇) 선수들이 경기를 앞두고 준비를 하는데, 한 팀은 꾸준하게 체계적으로 훈련을 하고 다른 팀은 그저 건성으로 시간만 보낸다는 식의 스포츠 경쟁에 관한 것이기 때문이었다.

"자아, 이렇게 써봐라."

반쯤 잠이 들었던 뤼시앵은 화들짝 놀라며 펜대를 잡았다.

"맙소사, 너 자고 있었냐?"

"아, 아니에요. 생각하고 있었어요. 그 속담을 어떻게 설명하는 게 좋을까 하고 곰곰이 생각해봤어요. 하지만 전혀 떠오르는 게 없었어요."

아버지는 너그럽게 빙긋 웃어 보이더니, 시선을 한 곳에 붙박고 아이가 받아쓸 수 있도록 천천히 부르기 시작했다.

"여름 햇살이 찬란한 일요일 오후, 쉼표 찍고, 마른 강을 바라보노라면 초록빛의 예쁜 물건들에 우리의 눈길이 멎는다. 물결치는 대로 가만가만 흔들리는 저 기다란 것들은 대체 무엇일까? 멀리서 보면 마치 그 물건들에 긴 팔이 달린 듯하다. 하지만 팔처럼 보이는 그것들은 다름아닌 노이고 초록빛 물건들은 두 척의 경기용 보트이다."

뤼시앵은 왠지 불안한 생각이 들어서 고개를 들고 조금 겁먹은 눈길을 보냈다. 그러나 아버지의 눈에는 아들의 그런 모습이 보이지 않았다. 경쟁관계에 있는 두 팀을 소개하는 대목으로 매끄럽게 넘어갈 수 있게 해줄 문장을 다듬는 데에 너무 골몰해 있었기 때문이었다. 그는 입을 조금 벌리고 눈을 반쯤 감은 채 자기가 보았던 조정 선수들의 모습을 떠올려 상상의 팀을 만들고 있었다. 이윽고 그는 아들의 펜대 쪽으로 손을 더듬더듬 내밀었다.

"이리 줘. 내가 직접 쓸게. 받아쓰게 하는 것보다 그게 더 쉽겠어."

그는 흥분된 마음으로 글을 써내려가기 시작했다. 화려한 필치였다. 생각과 말이 술술 풀려나오고, 서정성 넘치는 표현들이 앞다투어 튀어나왔다. 그는 꽃이 만발한 매혹적인 땅을 가진 영주처럼 부자가 된 느낌이 들었다. 뤼시앵은 아버지가 신들린 듯 놀려대는 펜을 다소 불안한 마음으로 바라보다가 식탁 위에서 잠이 들었다. 11시가 되자 자코탱 씨는 아들을 깨우며 공책을 내밀었다.

"자아, 이제 이것을 찬찬히 베끼도록 해라. 네가 다 베끼면 내가 다시 읽어볼게. 구두점 찍는 거 특히 조심하고."

"너무 늦었는데, 내일 아침에 일찍 일어나서 하는 게 낫지 않을까요?"

"아냐, 아냐. 쇠뿔도 단 김에 빼랬다고. 어, 속담이 또 튀어나오네."

자코탱 씨는 맛있는 음식을 앞에 두고 구미가 동한 사람처럼 흐뭇한 미소를 지어 보이더니 이렇게 덧붙였다.

"이 속담을 풀이하는 것도 어렵지 않게 할 수 있을 것 같은데. 시간만 여유 있게 주면 가뿐하게 해낼 수 있을 거야. 대단히 멋진 주제야. 이런 주제가 주어진다면 열두 페이지라도 쓸 자신이 있다. 너도 이 속담이 무슨 뜻인지는 잘 알고 있겠지?"

"예? 뭐 말이에요?"

"'쇠뿔도 단 김에 빼야 한다'라는 속담의 뜻을 알고 있느냐고 물은 게다."

뤼시앵은 시달릴 대로 시달린 나머지 하마터면 베껴쓰는 것에 대해서조차 의욕을 잃을 뻔했다. 아이는 마음을 다잡고 아주 상냥하게 대답했다.

"예, 아빠, 잘 알고 있어요. 하지만 저는 아빠가 해주신 이 숙제를 베껴야 해요."

"그래, 어서 베껴라."

그렇게 말하는 자코탱 씨의 어조에는 머리를 별로 쓰지 않아도 되는 부차적인 활동에 대한 경멸이 드러나 있었다.

일 주일 후, 선생님은 숙제에 점수를 매겨 돌려주면서 이렇게 말했다.

"전체적으로 보아서 여러분이 해온 숙제는 그다지 만족스럽지 못해요. 20점 만점에 13점을 받은 베뤼샤르와 가까스로 10점을 넘은 대여섯 사람을 빼고는 숙제를 제대로 이해하지 못한 것 같아요."

선생님은 어떻게 했어야 했는지를 설명한 다음, 빨간 잉크로 평가 내용이 기록된 과제물 더미에서 세 학생의 것을 골라 평을 하기 시작했다. 첫번째 것은 베뤼샤르가 낸 과제물이었다. 선생님은 그것에 대해 몇 마디 칭찬의 말을 하였다. 세번째는 뤼시앵의 것이었다.

"뤼시앵, 네 글을 읽으면서 어떻게 네가 이런 글을 썼을까 하고 놀랐다. 그 동안 내게 보여준 것과는 전혀 딴판인 그 글투가 너무나 불쾌해서 주저없이 너에게 3점을 주었다. 주제 전개가 빈약하다고 내가 너를 나무란 적이 종종 있었다. 그런데 이번에는 그것과 정반대되는 잘못에 빠졌음을 지적하지 않을 수 없다. 너는 여섯 쪽을 채우기 위해서 줄곧 주제에서 벗어난 이야기를 했더구나. 하지만 그보다 더 참을 수 없는 건 어색하게 멋을 부린 그 글투이다. 너는 문장을 그런 식으로 작성해야 한다고 생각했는지 모르지만 그런 글은 오히려 읽는 사람에게 불쾌감을 주기가 십상이지."

선생님은 뤼시앵의 숙제에 대해서 한참 더 이야기를 했다. 그리고 그것을 잘못된 글쓰기의 본보기로 다른 아이들에게 제시했다. 선생님은 특히 타산지석으로 삼을 만하다고 생각되는 대목을 몇 군데 골라 큰 소리로 읽었다. 아이들 사이에 비웃음이 번지고 키득거리는 소리가 일었다. 숫제 깔깔거리면서 야유를 보내는 아이들도 더러 있었다. 뤼시앵은 낯빛이 아주 창백해졌다. 자존심이 상한 것은 물론이고 효심에도 상처를 입은 모양이었다.

하지만 뤼시앵은 자기를 반 친구들의 놀림감으로 만든 아버지가 원망스러웠다. 비록 열등생이기는 했지만 게으름을 피우거나 무엇을 모른다고 해서 이렇게까지 웃음거리가 되어본 적은 없었다. 국어 숙제가 되었건 수학 숙제가 되었건 부족하면 부족한 대로 분수를 지키고 학생의 본분에 어긋나지 않게 행동했다는 떳떳한 마음을 잃지 않았다. 잠을 제대로 못 자서 눈이 벌게진 채로 아버지의 글을 베끼던 그날 밤에도 자기의 과제물이 이런 대접을 받게 되리라는 걸 전혀 예상하지 못했던 건 아니었다. 그 다음날 머리가 맑아졌을 때는 그 숙제를 낼까 말까 하고 망설이기까지 했다. 그 동안 반 아이들의 과제물에 대해 선생님이 어떤 평가를 내렸는가를 생각해볼 때 자기 과제물에는 뭔가 그릇되고 어울리지 않는 점이 있다고 느꼈기 때문이었다. 그러다가 마지막 순간에 아버지는 잘못을 범하지 않으리라는 본능적인 믿음이 되살아나면서 그것을 내기로 결심했던 것이다.

학교가 파하고 집에 돌아온 뒤에도 뤼시앵은 아버지를 턱없이 믿었던 자기의 행동을 되새기며 속을 끓였다. 웃음거리가 될 것을 뻔히 알면서도 거의 종교적인 신앙에 가깝게 아버지에 대한 믿음에 이끌렸던 것이 생각하면 생각할수록 후회가 되었다. 아버지는 속담을 풀이한다면서 어쩌자고 그렇게 쓸데없는 얘기를 썼을까? 일껏 숙제를 대신 해주고 20점 만점에 3점밖에 못 받는 수모를 당한 데에는 확실히 그럴 만한 이유가 있었다. 사정이 이쯤 되었으니 속담을 풀이하겠다는 생각을 다시는 안 할 것이다. 게다가 베뤼샤르는 13점을 받았으니, 아버지의 체면이 정말 우습게 되었다.

  식구들이 모두 식탁에 둘러앉았다. 자코탱 씨는 쾌활해 보였다. 평소답지 않게 상냥한 모습을 보이기까지 했다. 조금 들떠 보일 만큼 기분이 좋아서인지 말에도 눈길에도 생기가 넘쳤다. 아들에게 묻고 싶은 게 있어서 입이 근질거리고 아들도 그 질문을 예상하고 있었지만, 당장 질문하지 않고 때를 기다리는 느긋함도 보였다. 식사의 분위기는 여느 때와 별로 다르지 않았다. 가장의 쾌활함은 식구들을 편안하게 해주기는커녕 더 거북하게 만들었다. 아내와 딸들은 가장의 기분에 맞추어 명랑한 어조로 말을 하려고 애썼지만 뜻대로 되지 않았다. 한편 쥘리 고모는 시무룩한 태도를 보이고 어이없어하는 표정을 지음으로써 그의 유쾌한 기분이 식구들 눈에 얼마나 엉뚱해 보이는가를 강조하려 하였다. 자코탱 씨는 그것을 눈치채고 이내 표정이 어두워지더니 불쑥 이렇게 물었다.

  "그건 그렇고, 속담은 어떻게 됐니?"

  그의 목소리에는 초조보다는 불안에 더 가까운 감정이 실려 있었다. 그 순간 뤼시앵은 자기가 아버지에게 슬픔을 안겨줄 수도 있다고 느끼며, 대등한 인격체로 자유롭게 아버지를 바라보았다. 가엾은 아버지는 가장인 자기가 언제나 옳다고 생각하며 살아왔다. 그랬는데 아들의 숙제를 도와주겠다고 나섬으로써 가장은 언제나 옳다는 원칙을 무너뜨릴지도 모르는 위험한 상황을 자초한 셈이었다. 이 전제적인 가장은 식구들 앞에서 체면을 잃게 될 것은 물론이고 자기 자신에 대한 존경심마저 잃게 될 판국이었다. 그건 아버지에게 추락이나 다름없는 상황일 거였다. 아버지를 벼르며 호시탐탐 기회를 노리고 있는 쥘리 할머니의 면전에서 뤼시앵의 말 한 마디는 비극을 야기할 수도 있었다. 그 비극은 이미 엄청난 현실로 다가오고 있었다. 사실 아버지는 마음이 약한 사람이었다. 그런 아버지를 염려하는 뤼시앵의 마음에 너그러운 연민의 정이 가득 찼다.

"너 마음을 딴 데에 팔고 있구나? 달나라에 가 있냐? 내가 한 숙제를 선생님이 돌려주셨느냐고 묻고 있지 않니?"

"아빠가 하신 숙제요? 예, 돌려주셨어요."

"그래 몇 점 받았니?"

"13점이요."

"괜찮은데. 그럼 베뤼샤르는?"

"13점이요."

"그럼 가장 높은 점수는?"

"13점이요."

아버지의 얼굴이 환해졌다. 그는 쥘리 고모 쪽으로 고개를 돌리고 마치 고소한 꼴을 못 봐서 실망했냐는 듯이 의기양양한 눈길을 보냈다. 뤼시앵은 눈을 내리깔고 기쁨으로 가슴이 뭉클해져오는 것을 느끼고 있었다. 자코탱 씨는 아들의 어깨를 툭 치며 상냥하게 말했다.

"어떠냐, 애야. 어떤 과제에 착수할 때는 먼저 그 과제에 대해서 깊이 생각해보는 것이 중요하단다. 과제를 잘 이해했다면 이미 그것의 4분의 3 이상을 한 거나 다름없지. 내가 네 머릿속에 꼭 넣어주고 싶은 게 바로 그거란다. 잘 될 거야. 그것을 위해 필요하다면 시간을 얼마든지 낼 생각이다. 그리고 앞으로 너의 국어 숙제는 언제나 우리 둘이서 같이 하도록 하자."

칠십 리 장화

제르멘 뷔주는 독신녀 라리송의 아파트를 떠났다. 그녀의 따가운 눈길을 받으며 두 시간에 걸친 '대청소'를 막 끝내고 나오는 길이었다. 시각은 오후 네시, 이틀 전부터 기온이 영하로 떨어지면서 12월의 추위가 기승을 부리고 있었다. 제르멘 뷔주의 외투는 추위를 제대로 막아주지 못했다. 모사와 면사로 짠 얇은 천의 외투인데, 이젠 너무 낡아서 그저 외투의 명색만 남아 있을 뿐이었다. 삭풍이 마치 석쇠를 통과하듯이 외투를 뚫고 들어왔다. 그 겨울 바람은 외투만큼이나 얇고 실체가 없는 제르멘의 몸마저도 뚫고 지나가는 듯했다. 제르멘은 가냘픈 허깨비였다. 작고 좁다란 얼굴에는 수심이 가득했다. 그녀는 마치 자기 삶에 영향력을 적게 행사해야만 살아갈 수 있기라도 한 것처럼 가난과 겸손을 운명의 자비로 알고 사는 그런 사람들 중의 하나였다. 거리에 나가면 남자들은 그녀에게 눈길 한번 주지 않았고 여자들도 거의 그녀를 거들떠보지 않았다. 상인들은 그녀의 이름을 기억해주지 않았고 그녀를 부리는 사람들만이 그녀를 아는 사람들의 전부라 해도 과언이 아닐 정도였다.

제르멘은 라마르크 거리의 오르막길을 서둘러 올라갔다. 길 모퉁이에 다다라서 비탈길을 달려내려오는 초등학생 몇 명과 마주쳤다. 아이들의 하교는 이제 막 시작된 참이었다. 학교 앞, 몽마르트르 언덕으로 오르는 커다란 돌계단 아래에 공부에서 해방된 아이들이 와글거리며 아직도 빽빽하게 무리를 짓고 있었다. 제르멘은 폴 페발 거리의 모퉁이에 지켜 서서 눈길로 아들 앙투안을 찾았다. 아이들은 몇 분 만에 흩어져 거리거리로 퍼져나갔다. 제르멘은 아들이 보이지 않아 걱정이 되었다. 얼마 지나지 않아 학교 앞에는 스포츠 얘기를 나누는 아이들 대여섯 명의 무리밖에 남지 않게 되었다. 그 아이들은 각자 다른 방향으로 가야 하기 때문에 헤어지는 순간을 늦추고 있는 거였다. 제르멘은 그 아이들에게 다가가서 앙투안 뷔주를 아는지, 그리고 그애를 보았는지 물어보았다. 그중에서 앙투안 나이쯤 되어 보이는 가장 작은 아이가 운동모자를 벗으면서 말했다.

"앙투안이요? 예, 알아요. 그애가 가는 걸 봤어요. 프리울라하고 벌써 나갔는데요."

제르멘은 조금 더 서 있다가 낭패감을 느끼며 발길을 돌렸다.

그러나 앙투안은 폴 페발 거리의 다른 쪽 끝에서 자기를 기다리는 어머니를 지켜보았고, 가슴이 옥죄이는 것을 느끼며 자기가 죄를 짓고 있다고 생각했다. 뿐만 아니라 자기를 숨겨주고 있던 아이들 속에서 "엄

마한테 가야 하지 않을까?" 하고 큰소리로 혼잣말을 하기까지 했다. 그 말을 들은 프리울라가 대꾸했다.

"네 마음대로 해. 꽁무니를 빼고 싶으면 언제든지 빼라고. 우리 동아리에서 빠지면 되는 거지, 뭐."

앙투안은 그 말에 설복되어 그대로 있었다. 겁쟁이처럼 보이고 싶지도 않았고, 비록 대장의 독단이 부담스럽기는 했지만 내심 그 동아리에 꼭 들고 싶었던 것이다. 대장인 프리울라는 대단한 녀석이었다. 앙투안보다 크지는 않았지만 다부지고 힘이 좋았으며 세상에 무서운 게 없는 놈이었다. 한번은 남자 어른에게 욕을 한 적도 있었다. 노댕과 로지에가 그걸 봤다고 하니까 지어낸 얘기는 아니었다.

동아리 멤버인 다섯 아이들은 여섯번째 가담자인 위슈맹을 기다리고 있는 중이었다. 그 아이는 집이 바로 그 거리에 있기 때문에 자기 책가방과 친구들의 책가방을 집에 갖다두러 간 터였다.

이윽고 위슈맹이 돌아와 전원이 한자리에 모였다. 앙투안은 아직 짠한 마음이 가시지 않은 채로 학교 쪽을 돌아보느라고 꾸물거리며 바슐레 거리의 집으로 혼자 돌아가고 있을 어머니를 생각했다.

앙투안의 망설임을 눈치챈 프리울라는 약삭빠르게 까다로운 임무 하나를 맡겼다.

"앙투안, 네가 정찰을 나가야겠다. 네가 얼마나 잘 하는지 볼 거야. 하지만 조심해, 위험한 일이니까."

앙투안은 자랑스러움을 느끼며 버들길을 달려 올라가다가 첫번째 사거리에서 멈추었다. 날이 저물어가고 있었고, 거리엔 인적이 뜸했다.

고작해야 노파 두 사람과 떠돌이 개 한 마리가 보일 뿐이었다. 앙투안은 친구들이 기다리고 있는 곳으로 돌아와서 정찰 결과를 간결하게 보고했다.

"공격을 받지는 않았지만, 생 뱅상 거리에 수상쩍은 기미가 보여."

그러자 프리울라가 말했다.

"그럴 줄 알고 미리 대비를 해두었어. 자, 이제 가자. 모두 벽에 바싹 붙어서 내 뒤를 한 줄로 따라와. 내 명령 없이는 아무도 대열에서 이탈하면 안 돼. 혹시 내가 공격을 받더라도 말이야."

바랑캥은 아주 어린 금발머리 꼬마인데 이번에 처음으로 원정에 참가하는 탓인지 무척 흥분되어 있는 듯했다. 꼬마는 자기들에게 닥쳐올 위험에 대해서 앙투안을 통해 알고 싶어했다. 그러다가 프리울라에게 호되게 주의를 당하고는 군말 없이 제자리로 돌아갔다. 버들길을 올라가는 일은 아무런 불상사 없이 행해졌다. 프리울라는 자기들 앞에 어떤 위험이 도사리고 있는지 분명히 알려줄 생각은 않고 무조건 얼음장 같은 포도에 배를 깔고 엎드리라고 부하들에게 여러 차례 명령을 내렸다. 그러면서도 자기 자신은 전설 속의 대장처럼 대담하게 떡 버티고 서서 두 손을 쌍안경처럼 눈에 댄 채 주위를 살피곤 했다. 부하들은 감히 뭐라고 말은 못 했지만 대장이 진짜처럼 보이게 하는 행동을 좀 지나치게 한다고 생각했다. 프리울라는 코로 거리를 지나면서 두 번 고무줄 새총을 쏘았지만, 그 이유를 친구들에게 설명할 필요가 있다고 생각하지 않았다. 그들이 사거리에서 걸음을 멈추었을 때, 노르뱅과 앙투안은 그 틈을 타서 코로 거리에서 무슨 일이 있었는지를 물어봐도 되겠다고 생각했다.

프리울라의 대답은 퉁명스러웠다.

"그런 쓸데없는 얘기를 하느니 딴 일을 해야겠다. 나는 이 원정의 책임자야."

그러고는 이렇게 덧붙였다.

"바랑캥, 가브리엘 거리까지 정찰 좀 다녀와. 빨리 가!"

거리엔 어둠살이 내리고 있었다. 바랑캥은 불안한 마음을 다잡고 달려갔다. 그를 기다리는 동안 대장은 호주머니에서 종이 한 장을 꺼내더니 미간을 찡그리면서 살펴보았다. 그때 위슈맹과 로지에가 큰 소리로 떠들자 대장이 말했다.

"이런 젠장, 입 닥쳐! 내가 깊은 생각에 잠겨 있는 게 안 보이냐?"

이내 뜀박질을 하며 돌아오는 바랑캥의 발소리가 들려왔다. 바랑캥은 정찰 도중에 수상한 것을 전혀 발견하지 못했노라고 아주 순진하게 보고했다. 그런 식의 보고는 놀이의 규칙을 어긴 것이고 영웅적인 모험에 대한 상상력이 결여되어 있음을 단번에 드러내는 거였다. 그것에 충격을 받은 프리울라는 동의를 구하는 투로 다른 친구들을 돌아보며 말했다.

"지금까지 대장 노릇을 숱하게 해보았지만 이 녀석 같은 바보는 아직 본 적이 없어."

친구들은 그 비난이 뜻하는 바를 완전히 이해하고 있었고, 비난할 만한 이유가 있다고 생각했지만 저마다 몇 가지 이유로 프리울라를 못마땅하게 여기고 있던 터라 맞장구를 치지 않고 잠자코 있었다. 잠시 침묵이 흐른 뒤에 앙투안이 바랑캥을 거들고 나섰다.

"아무것도 보지 못했으니까 그렇게 말하는 거지. 나는 왜 이애를 탓하는지 모르겠어."

위슈맹과 로지에와 노댕이 큰 소리로 동의를 표하자 대장은 조금 당황스러워하면서 말했다.

"그런데 말이야, 사실 그대로냐 아니냐에 신경을 쓰게 되면 이 놀이는 더이상 할 게 없어."

앙투안은 대장의 말이 옳다고 속으로 동의하고 그의 권위를 손상시킨 것에 대해서 스스로를 나무랐다. 무엇보다 영웅적인 행위의 바탕이라고도 할 법한 고상한 상상력에 맞서서 졸렬한 상식을 옹호하고 나선 자신이 부끄러웠다. 그는 자기 잘못을 인정하고 용서를 빌고 싶었다. 그러나 프리울라는 그가 다시 말문을 열기가 무섭게 그에게 비난을 퍼부었다.

"주둥이 닥쳐, 임마. 우리 동아리에 들어와서 규율을 땅에 떨어뜨릴 바에는 차라리 니네 엄마한테 돌아가는 게 나을 뻔했다. 너 때문에 벌써 십오 분이나 지체되었어."

앙투안이 되받아쳤다.

"좋아. 나 때문에 너희 일이 지체되는 것을 원치 않아. 내가 동아리에서 빠지면 될 거 아냐!"

그러면서 앙투안은 바랑캥을 데리고 가브리엘 거리 쪽으로 멀어져갔다. 다른 아이들은 머뭇거렸다. 노댕과 위슈맹은 이탈자들을 따라가기로 마음을 정했다. 그러나 그들과 바로 한패가 되기보다는 멀찍감치 떨어져서 따라갔다. 로지에는 그들과 합류하고 싶었지만 노골적으로 대장과 관계를 끊을 엄두가 나지 않아 대장이 따라오기를 기다리기라도 하듯 굼뜬 걸음으로 멀어져갔다. 프리울라도 마침내 그들 쪽으로 발걸음을 떼어놓으면서 소리쳤다.

"이 얼간이들아, 어디 너희들끼리 잘 해봐라! 나 대장 그만둘 거야. 하지만 내가 없으면 너희들도 아쉬울걸."

동아리는 약 일백 미터에 걸쳐서 일정한 간격을 두고 네 그룹으로 나뉜 채 원정의 목적지를 향해 가고 있었다. 목적지는 엘리제 데 보자르 거리의 두 모퉁이 사이에 자리잡은 활꼴 지점에 있었다. 길은 어두컴컴하고 양쪽이 병풍처럼 가파랐으며 몽마르트 언덕배기만큼이나 인적이 뜸했다.

목적지 근처에 다다르자 앙투안과 바랑캥은 걸음을 늦추었다. 동아리는 아코디언처럼 오므라들었다. 엘리제 데 보자르 거리의 첫번째 굽이 어름에 깊고 기다란 구덩이가 패어 길이 끊겨 있었고, 그것을 알리는 빨간 경고등이 있었다. 배관 공사를 벌이고 있는 모양이었다. 공사는 최근 이틀 사이에 착수된 게 분명했다. 그저께 첫번째 원정을 왔을 때만 해도 아직 그런 기미가 없었으니까 말이다. 이건 두려움을 주는 뜻밖의 요소였다. 이런 것이 있는 줄 미리 알았더라면 어떤 식으로든 대비를 했을 것이고 동아리가 뿔뿔이 흩어지는 일도 없었을지 모른다. 구덩이 양쪽 가장자리에는 행인의 접근을 막기 위해 밧줄을 쳐놓았는데, 목적지에 다다르자면 두 밧줄 사이에 걸쳐놓은 좁다란 널빤지 위로 건너가야만 했다. 앙투안은 몸을 기울여 구덩이 속을 들여다보고 싶은 생각이 들었지만, 다른 아이들을 기다리고 싶어 그러는 것으로 의심받을까봐 멈추지 않고 내처 걸어갔다.

　여섯 아이들이 목적지로 삼은 곳은 어떤 고물상이었다. 아이들은 그 가게에서 몇 발짝 떨어진 곳에 차례차례 멈춰 섰다. 가게는 넓지 않았고, 페인트칠이 마치 긁어놓은 것처럼 벗겨져 있었으며, 간판 같은 것은 어디에도 붙어 있지 않았다. 하지만 진열창에는 광고지가 많이 붙어 있었다. 가장 큰 광고지에는 '전문가적인 안목을 가진 이들을 위한 절호의 기회'라고 적혀 있었다. '우리 가게에서는 부자들에게만 외상을 줍니다'라는 광고문도 눈에 띄었다. 진열된 물건들에는 그것들의 역사를 밝히는 글귀를 직사각형의 판지에 적어 하나씩 붙여놓았는데, 그 내용들이 의심스럽기 짝이 없었다. 예컨대, '나폴레옹 3세의 어머니 오르탕스 왕비가 쓰던 전원풍의 책상'이라는 것은 전나무나 너도밤나무 따위의 흰 목재로 만든 작은 주방용 탁자를 일컫는 거였다. 그런가 하면, 루이 15세의 애첩 바리가 사용했다는 커피 빻는 기계도 있었고, 혁명가 마라의 비눗갑, 발이 커서 '왕발이 베르트'라고 불렸던 샤를마뉴 대제 어머니의 펠트 슬리퍼, 펠릭스 포르 대통령의 중산모, 타이티의 포마레 왕비가 쓰던 파이프, 캄포 포르미오 조약*에 서명할 때 사용했던 만년필 등도 있었다. 백여 가지의 각기 다른 물건마다 그런 식으로 터무니없이 재치를 부린 설명이 붙어 있었다. 심지어 축구공의 겉가죽

---

* 1797년 10월 18일, 이탈리아 북부 베네토 지방의 캄포 포르미오에서 프랑스와 오스트리아 사이에 맺어진 조약. 오스트리아는 프랑스에 벨기에와 밀라노 지방을 양도하고 라인강 좌안의 합병을 인정해주는 대신 베네치아 공화국의 동부를 넘겨받았다. (옮긴이)

으로 보이는 어떤 물건은 '전설 속의 여자 교황 잔느가 사용했던 가면' 으로 소개되기까지 했다. 그러나 아이들은 그런 광고문에 악의가 있는 것으로 보지 않았고, 가게 주인이 소박한 역사적 유물들을 모아놓았다 고 굳게 믿었다. 캄포 포르미오 조약에 서명할 때 사용했다는 만년필에 대해서는 조금 의아한 생각이 들었지만, 그 유명한 조약에 대해서 아이들이 가지고 있는 지식은 피상적이고 불확실했다. 더구나 아이들로서는 상인이 장사를 하면서 장난을 칠 수 있다는 생각을 떠올릴 수 없었다. 가게 주인이 손으로 써서 알려주는 것은 책이나 신문에 인쇄된 것 만큼이나 진실하고 물건들이 진짜임을 보증하는 것이라고 아이들은 믿고 있었다. 하지만 아이들이 그렇게 멀리까지 원정을 온 것은 역사적인 유물들을 감상하기 위함이 아니었다. 여섯 아이들의 관심은 오로지 진열창 안의 한 물건에만 쏠려 있었다. 그것은 한 켤레의 장화였다. 다른 물건들과 마찬가지로 표찰이 붙어 있었는데, 거기에는 그냥 '칠십 리 장화'라고만 씌어 있었다. 캄포 포르미오 조약이나 마라, 펠릭스 포르, 나폴레옹, 루이 필립 등과 같은 역사의 거물들이 그 물건에 확실한 권위를 부여하고 있었다. 하지만 이 장화를 신기만 하면 한 걸음에 칠십 리를 갈 수 있다는 것을 아이들이 곧이곧대로 믿었던 건 아니었다. 「엄지동자」*의 모험이 한낱 꾸며낸 이야기일 뿐이라는 것을 짐작하지 못하는 것도 아니었다. 그렇지만 장화가 가짜일 거라는 확신도 없었기

---

* 프랑스 작가 샤를르 페로(1628~1703)의 동화. 주인공 엄지동자는 식인귀가 잠든 틈을 타서 그의 칠십 리 장화를 훔쳐 신고 신나는 모험을 벌인다. (옮긴이)

때문에 아이들은 쉽게 상상에 이끌렸다. 진짜처럼 행동하기로 한 놀이의 규칙을 따르기 위해서, 또 어쩌면 엄정한 현실 앞에서 자기들의 믿음이 깨어지는 것을 보고 싶지 않아서, 아이들은 그 칠십 리 장화의 효능이 흐르는 세월을 견디지 못하고 약해졌거나 사라졌을 수도 있다는 점을 받아들이고 있었다. 어쨌거나 장화가 진짜라는 점에는 의심의 여지가 없었다. 그것은 유서 깊은 물건임에 틀림없었다. 가게에 진열된 다른 모든 물건들이 그 사실을 입증해주고 있었다. 게다가 장화는 신기할 만큼 아름다웠다. 그 화려함은 초라하고 너절한 것 일색인 진열창의 다른 물건들 사이에서 단연 돋보였다. 얇고 부드러운 검은색 에나멜 가죽으로 그들 또래 아이의 발 크기에 맞게 만들어진 장화였다. 안에는 하얀 모피까지 덧대어놓았는데, 그것이 밖으로 넘쳐나서 운두에 눈처럼 하얀 테두리를 만들고 있었다. 장화의 당당하고 우뚝한 자태는 아이들을 조금 주눅들게 했지만 그 하얀 모피는 애교 어린 우아함을 느끼게 했다.

　다른 아이들보다 먼저 도착한 앙투안과 바랑캥은 장화가 정면으로 보이는 자리를 차지하고, 진열창에 얼굴을 붙인 채 말도 거의 나누지 않고 장화만을 응시했다. 그 황홀한 기분은 이루 말할 수가 없었다. 마치 어떤 행복한 꿈을 꾸고 있는 것 같았다. 그러나 행복한 꿈속에서도 현실의 삶에 대한 고통스러운 의식이 간간이 고개를 드는 경우가 있다. 앙투안은 칠십 리 장화를 신고 신나는 모험을 하는 꿈을 꾸면서도 지붕 밑 방에 혼자 있을 어머니를 생각하며 숨을 돌리곤 했다. 그럴 때면 슬그머니 후회가 일고 현실의 삶에 생각이 미쳤다. 현실의 삶은 앙투안

자신이 서 있는 진열창 이쪽의 어둠과 추위 속에 너무나 가까이 있었다. 그래서 꿈과 현실을 가르고 있는 유리창에 현실의 입김이 자꾸 서리고 있었다.

두 아이는 이따금 장화 너머로 가게 주인의 실루엣이 어른거리는 것을 보았다. 진열창과 마찬가지로 가게 안을 비추는 것은 전선에 갓도 없이 매달린 알전구였다. 그 노란 불빛으로는 가게 안의 물건들을 똑똑하게 구별할 수 없었다.

밖에서 본 대로라면 가게 주인은 아주 자그마한 노인이었다. 얼굴은 주름도 없고 불거진 데도 없이 동그랗고 반지르르해 보였다. 단추가 촘촘히 달린 웃옷 안에 터틀넥 셔츠를 받쳐입고, 짧은 바지에 비쩍 마른 다리의 선을 그대로 보여주는 사이클 선수용 스타킹을 신은 차림이었다. 가게 안에는 그 노인밖에 없는데도 간간이 그가 성을 내며 지르는 듯한 새된 목소리가 들려오곤 했다. 그는 몹시 흥분된 상태에서 가게 안을 왔다갔다하기도 했다. 흥분이 극에 달하면 숫제 펄쩍펄쩍 뛰기까지 했다. 그렇지만 대개는 커다란 새를 마주하고 전구 밑에 앉아 있었다. 박제된 그 새는 아마도 왜가리인 듯했다. 가게 주인은 그 새와 매우 열띤 대화를 나누는 것처럼 보였다. 바랑캥은 새가 움직였으며 노인을 위협하는 듯한 태도를 취했다고 주장하기까지 했다. 하긴 칠십 리 장화가 있는 가게에서라면 무슨 일이든 일어날 수 있을 법도 했다.

아이들은 다시 한데 모여 저마다 시선을 장화에 붙박은 채 진열창 앞에 늘어섰다. 프리울라는 줄에서 세 걸음쯤 뒤로 떨어진 곳에 서서 진열창에 바싹 붙어 있는 다른 아이들을 조롱에 찬 눈길로 바라보며 코웃음을 치고 이렇게 혼잣말을 했다.

"그래, 다들 그러고 있어라. 장화가 그렇게 보고 싶으면 밤새도록 보라고. 너희가 그러고 있으면 아주 좋아할 사람이 있지. 그게 누구냐고? 바로 나야. 왜냐하면 나에겐 계획이 있거든. 하지만 너희에겐 대장이 없어. 대장이 없으면 더이상 계획도 없고 다른 아무것도 없는 거야."

앙투안은 자기가 반항하는 바람에 다른 아이들까지 이탈했던 것이므로, 프리울라가 일부러 자기를 겨냥해 그런 말을 한 것으로 생각했다. 못 들은 척하고 가만히 있는 게 현명하다 싶었지만 그것만으로는 속이 후련하지 않았다. 앙투안은 뭔가 대단하고 영웅적인 일을 해서 스스로를 당당하게 만들고, 무엇보다 칠십 리 장화를 신을 만한 자격을 얻고 싶었다. 게다가 진열창 앞에 늘어선 아이들은 앙투안의 응수를 기다리고 있는 눈치였다. 로지에와 바랑캥은 기대에 찬 눈으로 그를 바라보고 있었다. 가슴이 몹시 두근거렸다. 하지만 뭔가를 해야겠다는 마음이 차츰차츰 굳어졌다. 마침내 앙투안은 줄에서 빠져나오더니 눈길 한 번 주지 않고 프리울라 앞을 지나 가게문 쪽으로 걸어갔다. 아이들은 찬탄 어린 시선으로 그를 뒤쫓고 있었다. 가게문의 유리는 두 군데나 깨져 있었고, '바그다드 도적의 융단'이라는 꼬리표가 붙은 침대 바닥 깔개를 안쪽에 걸어 안을 들여다볼 수 없게 되어 있었다. 앙투안은 흥분된 마음을 억누르며 문의 손잡이를 잡고 조심스럽게 밀었다. 그러나 빠끔히 열린 틈으로 보고 들은 것에 놀라서 그는 더 들어갈 엄두를 내지 못하고 문턱에 그대로 붙박여 있었다. 주인은 두 주먹을 허리에 댄 채 눈을 부라리며 가게 한복판에 서 있었다. 박제된 새를 마주하고 서서 그 새와 이야기를 나누는 듯했다. 그의 성난 음성은 계집애 목소리처럼 높고 앙칼졌다. 앙투안은 그가 째지는 소리로 이렇게 말하는 소리를 들었다.

"어쨌거나 제발 자네 생각을 솔직히 말해주었으면 좋겠어. 자네가 늘 그런 식으로 돌려 말하니까 내가 상처를 받는 거라구. 게다가 난 자네가 방금 말한 그 이유를 받아들일 수가 없어. 자네의 문서를 보여주게. 증거를 보여달란 말이야. 이제 꼼짝 못 하겠지? 뭐라고?"

노인은 귀 기울여 듣는 자세를 취하고 거드름을 피우며 침묵을 지켰다. 그는 사과처럼 작고 동그랗고 반드르르한 머리를 두 어깨 사이에 파묻고 있어서 마치 귀밑까지 올라오는 높고 빳빳한 깃 속에 목을 움츠리고 있는 자라처럼 보였다. 그는 빈정거리는 뜻으로 입술을 오므리고 이따금 새를 흘깃거렸다. 그러다가 갑자기 펄쩍 뛰어서 새에 바싹 다가들더니 새의 부리에 주먹을 날리고 이렇게 소리쳤다.

"그따위 수작 부리지 말라고 했지! 그건 비열한 짓이야! 자넨 왕비를 중상하고 있어. 이자보 드 바비에르에 대해서 내가 가르쳐줄 건 아무것도 없어. 내 말 듣고 있나? 아무것도 없다고."

그러더니 화가 치민 듯한 몸짓을 하고 나직한 소리로 뭔가를 중얼거리면서 새의 주위를 돌기 시작했다. 그렇게 빙빙 돌다가 문득 고개를 들어 빠끔히 열린 문 사이로 앙투안의 실루엣을 보았다. 그는 경계하는 눈초리로 아이를 살펴보더니, 머리를 앞으로 내밀고 어깨를 뒤로 젖힌 채 성큼성큼 걸어왔다. 아이를 당장 붙잡기라도 할 기세였다. 그러나 앙투안은 얼른 문을 도로 닫으면서 불안한 목소리로 친구들에게 위험을 알리고 손짓으로 달아나라는 신호를 보냈다.

아이들은 앙투안을 대장으로 삼아 다시 동아리를 이룬 양 그를 따라가다가 무슨 일이 있었는지 못내 궁금해서 가게로부터 열댓 걸음쯤 떨어진 곳에서 멈춰섰다. 프리울라는 처음엔 자기도 모르게 뒤로 물러섰지만 이내 마음을 추스르고 칠십 리 장화를 마주한 채 혼자 남아 있었다.

가게 주인은 문에 드리운 융단의 한쪽 귀퉁이를 들추더니 유리에 얼굴을 대고 거리를 살폈다. 특히 앙투안 패의 동정에 신경을 쓰고 있는 눈치였다. 아이들은 흘깃흘깃 그를 바라보면서 나직한 소리로 말을 주고받았다. 이윽고 가게 주인은 융단을 다시 내려뜨리고 모습을 감추었다. 프리울라는 주인이 밖을 살피는 동안 대담하게 진열창의 빛 속에 그대로 남아 있다가, 자기를 따돌리고 저희끼리만 패를 이루려고 하는 아이들 쪽으로 몸을 돌리더니 깔보는 듯한 어조로 말했다.

"도망칠 필요 없어. 늙은이가 너희를 잡아먹진 않을 테니까. 하지만 대장이 없으면 언제나 이렇게 되는 거야. 잘난 척하고 안에 들어갈 것처럼 허세를 부리는 놈들은 있지만, 마지막 순간엔 다 겁먹고 꽁무니를 빼는 거야. 그 꼬락서니를 보니 정말 웃음이 절로 나오더라고."

그러자 위슈맹이 되받았다.

"아무도 안 말릴 테니까 네가 들어가봐. 네가 다른 애들보다 더 영리하다고 생각하면 어디 들어가보라고."

"좋아."

프리울라는 문 쪽으로 걸어가서 주저없이 문을 홱 밀어젖혔다. 그러더니 활짝 열린 문을 통해 안으로 들어서려다 말고 공포의 비명을 지르며 뒷걸음질을 쳤다. 그보다 더 큰 새 한 마리가 문 뒤에 숨어 있다가 사람 소리 같은 이상한 울음소리를 내면서 와락 덤벼들었던 것이다.

다른 아이들은 벌써 줄행랑을 치고 있었다. 프리울라는 있는 힘을 다해서 달리기 시작했다. 뒤를 돌아볼 겨를도 없었다. 가게 주인은 새를 품에 안고 문 앞으로 나오더니 예의 이상한 울음소리를 또 한번 내서 아이들의 도망치는 발걸음을 더욱 재촉하고는 가게 안으로 다시 들어갔다.

프리울라는 총알처럼 빠르게 달려 길 모퉁이에서 다른 아이들을 따라잡았다. 그 모퉁이에서 3미터만 더 가면 15분 전에 널빤지를 밟고 건너야 했던 구덩이가 있었지만, 모두 혼비백산이 되어 있던 터라 그것을 까맣게 잊고 말았다. 로지에는 가장자리에 다다라서야 구덩이를 보고 뜀박질을 멈추려 했지만 뒤따라오던 아이의 미는 힘을 견뎌낼 수 없었다. 게다가 프리울라가 너무나 힘차게 돌진해오는 바람에 균형을 되찾으려고 아직 버둥거리고 있던 아이들이 그와 함께 구덩이 속으로 떨어졌다. 구덩이는 깊이가 거의 2미터쯤 되었고 흙이 얼어서 돌처럼 딱딱했다.

제르멘은 난로에 불을 붙인 다음 기름을 아끼기 위해 심지를 낮춰놓고 앙투안이 돌아오기를 기다리고 있었다. 방은 작았지만 외풍이 심해서 난방이 쉽지 않았다. 창문은 틀에 잘 맞지 않아서 그 벌어진 틈으로 찬바람이 새어들었다. 삭풍이 불 때면, 얇고 긴 판자로 만들어 회를 얇게 바른 물매진 바람벽과 지붕 사이에서 웅웅거리는 바람 소리가 들리곤 했다. 방 안에 있는 가구라고는 정원용 식탁과 나무 의자, 무쇠 난로, 비눗갑 몇 개, 작은 쇠 침대 두 개가 전부였다. 제르멘 뷔주는 침대에 가만히 걸터앉아 불빛을 약하게 해둔 석유 램프의 불꽃을 물끄러미 바라보고 있었다.

　여섯시 반이 되자 겁이 덜컥 났다. 앙투안은 어머니가 기다리는 줄 알고 있을 때는 한 번도 늑장을 부린 적이 없었다. 게다가 점심 시간에 아들을 만났을 때, 늦어도 다섯시까지는 자기가 집에 돌아와 있을 거라고 알려준 바 있었다. 그녀는 행여나 발소리가 그 불안한 기다림을 일 분이라도 줄여줄까 싶어서 여러 번 층계참에 나갔다 오더니 급기야는 문을 조금 열어놓았다. 그때 창문을 통해서 그녀의 이름을 부르는 소리가 들려왔다. 좁은 마당 안쪽으로부터 여자 관리인이 외치는 소리가 마치 굴뚝을 타고 올라오듯이 들려왔다.

　"어이! 뷔주……"

　관리인은 이따금 제르멘을 그렇게 부르곤 했다. 제르멘에게 파출부 일을 부탁하러 온 부인들이 8층까지 올라가서 누추한 집에 발을 들여놓는 것을 꺼릴 때마다 그녀들 대신 그렇게 소리를 치곤 했던 것이다.

　관리실에 내려가 보니 경관 한 명이 그녀를 기다리며 관리인과 한담을 나누고 있었다. 제르멘은 경관을 보자 앙투안에게 무슨 일이 생겼음을 직감했다. 두려움이 엄습하면서 사지가 부들부들 떨렸다. 그녀가 들어서자 경관과 관리인은 연민 어린 침묵으로 그녀를 맞았다.

　"앙투안 뷔주의 어머니이신가요?"

　"네."

　"아드님에게 사고가 생겼어요. 그리 심각하지는 않은 것 같습니다만, 아드님이 다른 애들과 함께 배관 공사 구덩이에 떨어졌다는군요. 그 구덩이가 깊은지는 모르겠는데 날씨가 이렇게 춥다 보니 땅이 딱딱하게 얼어버렸어요. 그래서 아이들이 다친 것 같습니다. 아드님은 브르토노 병원에 데려다놓았습니다. 아마 지금 가면 만나실 수 있을 겁니다."

제르멘은 당장에 거리로 나섰다. 지갑과 손수건 때문에 호주머니가 불룩한 앞치마를 두른 차림이었다. 그녀는 지갑과 손수건을 꺼내고 앞치마를 벗은 다음 둘둘 말아서 겨드랑이에 꼈다. 그녀는 먼저 택시를 잡으려고 했다. 그러다가 택시비로 나갈 돈을 아껴서 아들을 위해 쓰는 게 좋겠다고 생각하고 병원까지 걸어서 가기로 했다. 추위도 피곤함도 느껴지지 않았다. 마음은 괴로웠지만 역정이 나지는 않았다. 앙투안을 생각하고 지붕밑 방에서나마 몇 년 동안 행복하게 살았던 것을 생각하면, 자기가 분수를 모르고 진짜 운명에서 벗어나려고 한 죄를 지었다는 느낌이 들었다. 팔자에 없는 복을 누렸으니 이제 그 대가를 치러야 할 때가 온 모양이었다. 이 재앙이 모든 것을 분수에 맞게 돌려놓고 있는 거였다. '이런 일이 안 생기는 게 이상하다 했어. 어쩐지 너무 행복하더라니' 하고 그녀는 생각했다.

병원에 다다라서 앙투안을 찾으니 대기실로 들어가게 했다. 대기실에서는 네 여자와 세 남자가 앉아서 열띤 대화를 나누고 있었다.

그들이 나누는 이야기의 처음 몇 마디를 듣고서 제르멘은 이내 자기가 다른 아이들의 부모들과 함께 있다는 것을 눈치챘다. 더욱이 그들 중에는 그녀가 아는 얼굴도 있었다. 바로 프리울라의 어머니였다. 작고 가무잡잡하며 표정이 무뚝뚝한 그 여자는 식료품 가게를 하고 있었는데, 제르멘은 그 가게에 들러 물건을 산 적이 있었다. 제르멘은 그들 속에 끼어들어 사고의 정황에 대해 알아보고 싶은 욕구를 순간적으로

느꼈지만, 아무도 그녀가 온 것에 관심을 보이지 않았다. 다만 프리울라의 어머니가 외투도 없고 남편도 없는 그녀를 별로 곱지 않은 눈길로 톺아보았을 뿐이었다.

제르멘은 따로 떨어져 앉아서 그들의 대화에 귀를 기울였다. 그러나 사고에 대해서는 전혀 알려주는 바가 없었다. 다른 사람들도 잘 모르고 있기는 마찬가지인 것 같았다.

"어쩌다 이런 일이 일어났는지 정말 알다가도 모르겠어요."

지하철 검표원 제복 차림의 젊은 남자가 말했다. 노댕의 아버지였다.

"사고 소식을 가장 먼저 접한 사람은 제 남편이었어요."

프리울라의 어머니가 이야기를 시작했다. 갑자기 목청을 돋우는 폼이 마치 자기에겐 남편이 있다는 것을 제르멘에게 알리려고 그러는 것 같았다.

"소식을 듣자마자 그이는 차고로 차를 가지러 가려고 했어요. 하지만 내가 말했지요. '그냥 둬요. 내가 택시 타고 갈게요'라고 말이에요. 그이는 가게에 남아 있어야 했거든요."

다른 부모들은 각자 돌아가면서 어떻게 사고에 대해서 알게 되었는지를 이야기했다. 몇 분 동안 주의를 기울여 들은 것만으로도 거기에서 기다리고 있는 부모들의 이름을 알 수 있었다. 앙투안의 입을 통해 종종 들었던 이름들이라 모두가 친숙한 느낌을 주었다. 제르멘은 노댕과 위슈맹과 로지에의 부모들을 반가움과 경외감이 어린 눈으로 바라보았다. 직업이 있고 일가친척과 아파트가 있으며 부부가 동반 외출을 하는 그들과 자기 사이에 어떤 거리감이 있다는 사실에는 변화가 없었지만,

그래도 왠지 그들과 자기가 친한 사이처럼 느껴졌다. 그들은 계속 그녀를 본체만체하고 있었다. 그런데도 그녀는 그들을 원망하지 않았고 오히려 그렇게 데면데면하게 구는 것을 고마워했다. 다만 프리울라의 어머니만은 그녀를 조금 불안하게 했다. 자기의 초라한 행색에 간간이 그녀의 적의에 찬 시선이 꽂히는 것을 느꼈기 때문이었다. 제르멘은 그 반감의 이유를 어렴풋하게나마 짐작하고 있었다. 만일 그녀가 불안을 느끼지 않고 좀더 마음이 편했더라면 굳이 그 이유를 알아내려고 애쓰지도 않았을 것이다. 제르멘은 오랜 경험을 통해 한 가지 깨달은 것이 있었다. 프리울라의 어머니처럼 우월한 사회적 조건에 있는 부인들 가운데 어떤 이들은 가난한 여자들과 자기들을 대등하게 놓는 상황에 처하는 것을 좋아하지 않았다. 라메 거리에서 남편과 함께 식료품점을 운영하고 있는 이 여자는 사회적 체면이 반듯하게 서지 않는 것에 신경을 쓰고 있는 거였다. 미혼모인 것이 너무나 뻔한 여자와 같은 배를 타게 되었다는 사실에 그녀의 마음에 자기의 사회적 지위에 대한 독한 회의가 일고 있는 게 분명했다. 내가 가게를 가지고 있고 자동차를 굴린다고 해서 나의 사회적 계층이 저 여자와 크게 다르다고 할 수 있는 걸까? 하고 말이다. 그럼에도 그녀는 제르멘에게 말을 걸기로 했다.

"저기요, 아주머니, 이 사고 때문에 오셨나 보죠?"

"네. 저는 뷔주의 에미 되는 사람이에요. 앙투안 뷔주요."

"아! 앙투안 뷔주. 그렇군요. 듣자 하니 그 녀석 되게 극성맞은 것 같더군요. 노댕 어머니도 그애 얘기 들으셨지요?"

"예, 우리 애가 얘기하더군요."

"거봐요. 나만 들은 게 아니잖아요. 그 녀석은 정말 극성스러운 애라고요."

"아녜요, 아녜요. 그럴 리가 없어요. 앙투안은 아주 착한 애예요."

제르멘이 그렇게 항의를 했지만 프리울라의 어머니는 그녀가 말할 틈을 주지 않았다.

"물론 심성이야 나쁘지 않겠지요. 하지만 개구쟁이들이 다 그렇듯이 그애에게는 규율이 부족한 것 같아요."

"아이들이란 정성을 들여 돌보지 않으면 비뚤어지기 십상이죠."

노댕의 아버지가 그렇게 맞장구를 쳤다.

부모들은 누군가를 탓할 수 있게 되고 사고의 빌미가 된 것이 무엇인지를 알게 된 것에 마음이 놓였는지, 목청을 높여서 자녀 교육에 관한 견해들을 주고받았다. 다들 일반적인 얘기를 하는 듯하면서도 사뭇 명백하게 제르멘 뷔주의 경우를 빗대서 말하곤 했다. 그들은 모두 자기네 아들들에 대해서는 넓은 아량을 보였다. 자기네 아들은 아무 죄도 없이 앙투안의 꾐에 빠져서 불행한 일을 당했다는 식이었다.

프리울라의 어머니가 제르멘에게 다시 말을 걸었다.

"아주머니를 탓하는 게 아니에요. 어차피 이렇게 된 마당에 누구를 탓하고 싶은 마음은 없어요. 하지만 사실은 어디까지나 사실이에요. 아주머니가 그 아이를 더 잘 돌보았더라면 우리가 오늘 여기에 이러고 있지 않아도 되었을 거라는 점을 인정하셔야 해요. 이왕 벌어진 일은 어쩔 수 없다고 치고, 이제 내가 바라는 건 한 가지뿐이에요. 이번 사고를 교훈으로 삼아 다시는 이런 일이 생기지 않게 해달라는 거예요."

다른 어머니들은 그녀가 자기들 편이 되어 자기들의 생각을 그렇게 대변해준 것에 기분이 좋아져서 나직한 웅얼거림으로 맞장구를 쳤다. 제르멘은 파출부라는 직업의 특성 때문에 그런 식의 질책에는 이골이 나 있던 터라 아무런 대꾸 없이 그것을 받아들였고, 모두의 시선이 자기에게 쏠리는 것이 거북해서 고개를 숙일 수밖에 없었다. 그때 간호사 한 사람이 들어와서 말했다.

"안심하세요. 심각한 건 전혀 없어요. 의사 선생님이 방금 아이들을 보고 나오셨는데, 팔다리가 부러지고 가벼운 찰과상을 입은 것말고는 아무 탈이 없다고 하셨어요. 몇 주 지나면 모든 게 정상으로 돌아갈 거예요. 하지만 충격이 컸기 때문에 아이들이 조금 지쳐 있어요. 그러니 오늘 저녁에는 아이들을 만나시지 않는 게 좋겠어요. 내일은 괜찮을 테니까 오후 한시에 오세요."

부상당한 다섯 아이들은 모두 정방형의 작은 병실에 모여 있었다. 그 병실에는 녀석들 또래의 환자 셋이 더 있었는데, 그들처럼 팔다리가 부러져서 석 주째 입원해 있는 아이들이었다.

앙투안은 프리울라와 위슈맹 사이에 누워 있었다. 그들 맞은편에는 로지에와 노댕의 침대가 나란히 놓여 있었다.

첫날 밤은 아이들 모두가 추락의 충격에서 벗어나지 못한 채 뒤숭숭하게 보냈다. 이튿날 낮도 고통스럽기는 마찬가지였다. 아직 몸 여기저기가 욱신거리고 열이 가시지 않은 상태여서 아이들은 별로 말이 없었고 병실에서 벌어지는 일에도 그다지 관심을 보이지 않았다. 앙투안을 제외하고 아이들은 처음으로 병실을 찾아온 부모들을 별로 기뻐하거나 감동하는 기색 없이 맞이했다. 그러나 앙투안은 전날 밤부터 어머니를 생각하고 있었다. 자기가 입원한 그날부터 퇴원하는 날까지 밤마다 아들 걱정을 하며 추운 지붕밑 방에서 떨고 있을 어머니를 생각하니 마음이 영 편치 않았다. 마침내 어머니가 병실에 들어섰을 때 피곤과 불면의 기색이 역력한 어머니의 얼굴을 보고 앙투안은 가슴이 철렁 내려앉았다. 어머니는 아들이 불안해한다는 것을 이내 알아차리고 다른 이야기에 앞서 아들을 안심시키기 위한 말부터 꺼냈다.

 왼쪽의 옆 침대에서는 위슈맹이 연방 신음 소리를 내면서 간간이 애처러운 목소리로 부모의 물음에 대답하곤 했다. 그 목소리가 너무나 애처로워서 부모는 물어보고 싶은 것도 제대로 물어볼 수가 없었다. 오른쪽의 프리울라는 어머니에게 공연히 심술을 부리고 있었다. 자기를 응석받이 취급하며 비위를 살살 맞춰주는 어머니가 우스꽝스럽게 느껴질 뿐이었다. 프리울라의 어머니는 아들을 "사랑스런 나의 천사", "귀여운 내 아기"라고 불렀다. 친구들이 듣고 있는 데서 그런 대접을 받는다는 건 망신스러운 일이었다. 간호사는 이번 첫 면회는 시간이 너무 길지 않도록 해달라고 부탁했다. 부모들은 15분 이상을 머물지 않았다. 간호사의 부탁도 있었지만 사고 때문에 자기들 품을 떠나 그 새로운 환경에 놓인 아이들이 갑자기 어른처럼 의젓해 보인 탓에 조금 주눅이 들기도 했다. 아이들과의 대화는 쉽지 않았다. 하지만 제르멘 뷔주의 경우는 달랐다. 그녀는 앙투안을 보면서 그런 어색한 기분을 느끼지 않았다. 그럼에도 자기 혼자만 남아 있을 수가 없어서 다른 부모들과 함께 병실을 나갔다.

구덩이에 추락한 여섯 아이들 중에서 유일하게 아무 데도 다치지 않고 빠져나온 꼬마 바랑캥은 부모들이 떠나고 나서 바로 병실을 찾아왔다. 그애의 문병은 오히려 위로가 되었다. 바랑캥은 운명이 자기에게만 관대했던 것을 진심으로 아쉬워하고 있었다.

"너희는 운이 좋은 거야. 이렇게 부러진 데가 있으니 말이야. 나는 어제 저녁에 너희가 얼마나 부러웠는지 몰라. 집에 돌아가자마자 내가 무슨 일을 당했는지 알아? 아버지가 벌써 돌아와 계셨는데, 벗었던 신발을 다시 신고 내 엉덩이를 걷어차더라고. 저녁 내내 잔소리를 들었더니 정말 죽겠더라고. 그뿐이 아니야. 오늘 점심 때 같은 소리를 또 들었어. 틀림없이 오늘 저녁에도 계속 잔소리를 하실 거야. 일 주일 내내 시달리게 생겼다니까."

"우리집하고 비슷하네. 만일 내가 불운하게도 아무 탈 없이 집에 돌아갔다면 나 역시 한바탕 혼쭐이 났을 거야."

로지에가 맞장구를 쳐주었다. 상처가 욱신거리는 것만 없었다면 누구나 병원에 있는 것을 기뻐했을 거였다. 그러나 앙투안만은 어머니에게서 호된 꾸지람을 들어본 기억이 없기 때문에 자기가 다쳐서 병실에 누워 있는 것을 전혀 다행스럽게 여기지 않았다. 프리울라는 부모가 온갖 어리광을 다 받아주어서 아무 문제가 없을 것 같은데도, 자기 역시 바랑캥처럼 긁힌 상처 하나 없이 외투가 위아래로 찢어진 채 집에 돌아갔더라면 된통 혼이 났을 거라고 생각하고 있었다.

그 이튿날부터는 병실이 한결 들썩거렸다. 삐고 접질린 부위는 통증이 훨씬 덜해졌고 깁스를 한 팔다리는 마음을 쓸 거리조차 되지 않았다. 아이들은 몸을 마음대로 움직일 수 없었기 때문에 책을 읽거나 이야기를 하는 것말고는 달리 무료함을 달랠 방법이 없었다. 아이들은 원정에 대해서 많은 이야기를 나누었고, 저마다 사건의 긴박한 순간들을 되새기며 열을 올렸다. 때로는 격렬한 토론이 벌어지는 바람에 간호사들이 아이들을 진정시키느라고 애를 먹기도 했다.

프리울라는 그 사건에서 배울 것이 있다면서 명령과 권위의 중요성을 강조했고 자기가 대장 노릇을 계속했더라면 아무런 탈이 없었을 거라고 주장했다.

"그래 봤자 너도 겁먹기는 마찬가지였을 거야."

다른 아이들이 반박하자 프리울라는 이렇게 되받았다.

"그래도 맨 나중에 도망친 건 나야. 너희는 아주 고맙게도 나만 혼자 남겨놓고 도망치더라. 겁쟁이 녀석들."

다들 몸을 놀리기가 어렵고, 그래서 주먹으로 얼굴을 얻어맞을 염려도 없는 터라, 토론은 그만큼 더 격렬했다.

그러다가 칠십 리 장화에 관한 이야기가 나오면서 아이들의 마음은 다시 하나가 되었다. 다들 가게 주인이 장화를 팔았을까 걱정이 되었다. 그래서 아이들은 바랑캥의 문병을 초조하게 기다렸고, 그가 나쁜 소식을 가져올까봐 전전긍긍했다. 바랑캥은 그런 사정을 알고 있었기에 병실에 들어서자마자 친구들을 안심시키곤 했다. 그의 말에 따르면, 칠십 리 장화는 여전히 진열창 안에 있고 나날이 더욱 아름다워지고 더욱 빛이 나며 운두의 하얀 모피도 태깔이 더욱 고와지고 있다는 거였다. 어쨌든 그날 해거름까지는 장화가 본래의 효능을 그대로 간직하고 있는 듯했고, 아이들은 딴 생각 없이 그것을 믿기로 했다. 하긴 침대에 누워서 무료함을 달래고 안식을 얻는 데에는 그 장화를 신고 한 걸음에 칠십 리를 가는 장면을 상상하는 것보다 더 좋은 것이 없었다. 아이들은 저마다 그 장화를 신고 무슨 일을 할까 생각해보고 그 꿈을 친구들에게 이야기했다. 프리울라는 경보에서 세계 신기록을 세우겠다는 생각을 하며 즐거워했다. 로지에의 꿈은 그보다 소박했다. 어른들이 버터나 우유를 사오라고 심부름을 시키면 노르망디의 한 마을에 가서 더 싼 값에 그것들을 사고 남는 돈을 제 용돈으로 쓰겠다는 거였다. 아프리카나 인도에 가서 미개인들과 싸우고 커다란 야수들을 사냥하면서 휴일 오후를 보내겠다는 꿈에는 모두가 자기도 그러고 싶다며 맞장구를 쳤다.

앙투안도 친구들 못지 않게 그런 모험에 마음이 끌렸다. 하지만 그에게는 남몰래 간직하고 있는 더욱 기분 좋은 꿈들이 있었다. 만일 그 장화를 얻게 된다면 어머니는 더이상 먹을 것을 걱정할 필요가 없을 것이다. 집에 돈이 떨어지면, 앙투안은 칠십 리 장화를 신고 온 나라를 돌아다닐 생각이었다. 리옹에 가서는 정육점에서 고기 한 덩어리를 집어 올 것이고, 마르세유에서는 빵을, 보르도에서는 채소를, 낭트에서는 우유를, 셰르부르에서는 커피를 가져올 수 있었다. 또 어머니를 따뜻하게 해줄 좋은 외투를 한 벌 들고 올 수 있겠다는 생각도 들었다. 어머니에게는 구두라고 해봐야 낡아빠진 거 한 켤레밖에 없으니까 그것도 한 켤레 집어오면 좋을 듯했다. 방세 내는 날, 돈 160프랑이 없다면 그것도 마련해야 할 것이다. 그건 별로 어려운 일이 아니다. 먼저 큰 도시에 있는 상점에 들어간다. 상점은 되도록 부자들이 많이 드나드는 곳이라야 한다. 손님들이 물건 살 돈을 손에 꼭 쥐고 있는 가게에서는 일을 벌이기가 곤란하기 때문이다. 어떤 부인이 계산대에서 거스름돈을 받는 순간에 지폐를 가로챈다. 그러고는 그 부인이 미처 화를 내기도 전에 몽마르트르로 돌아오면 되는 것이다. 그렇게 남의 재물을 가로챈다는 것은 침대에 누워 상상하기조차 거북한 짓이었다. 하지만 배가 고프다는 것 역시 거북하기는 마찬가지였다. 방세 낼 돈이 없어서 관리인에게 사정을 털어놓고 집주인에게 언제까지 내겠다고 약속을 해야 할 때면, 남의 재물을 훔쳤을 때만큼이나 자기 자신이 수치스럽게 여겨지게 마련이다.

부모들은 아이들에게 오렌지며 과자며 만화 신문 따위를 가져오곤 했다. 제르멘 뷔주도 다른 부모들에 못지 않게 그런 것들을 앙투안에게 가져다주었다. 하지만 앙투안은 그 어느 때보다 자기네가 가난하다는 것을 절실하게 느꼈다. 그것은 문병하러 오는 사람들 때문이었다. 다른 아이들의 침대 머리맡에서 부모들이 수다스럽게 이야기하는 걸 들어보면, 그들의 삶은 믿기지 않을 만큼 풍요로워 보였다. 그들은 말끝마다 형제자매나 개, 고양이, 카나리아 등이 우글우글한 복잡한 삶을 들먹거렸다. 그들의 삶은 같은 층의 이웃집과 동네 구석구석, 파리 여기저기, 파리 교외, 지방, 나아가서는 외국에까지 끈이 닿아 있었다. 그들에게는 에밀 삼촌과 발랑틴 숙모도 있고, 아르장퇴유의 사촌들이며 클레르몽페랑이나 벨기에에서 온 편지도 있었다. 예를 들어, 위슈맹은 학교에서는 정말 별 볼일 없어 보이는 아이였는데 알고 보니 사촌

중에 비행사가 있었고 툴롱의 병기창에 근무하는 삼촌도 있었다. 때로는 파리나 에피날에 사는 친척이 문병을 올 거라는 소식이 전해지기도 했다. 어느 날인가는 노댕네 식구 다섯 명이 한꺼번에 몰려와서는 병실이 마치 자기네 집이라도 되는 양 부산을 떨기도 했다.

  제르멘 뷔주는 앙투안의 침대 머리맡에 언제나 혼자 있었고, 어느 누구의 소식도 가져오지 않았다. 그들의 삶에는 삼촌도 사촌도 친구도 없었다. 어디를 둘러봐도 문병 올 일가친척 하나 없는 그들은 다른 가족들의 수다에 주눅이 들어서 첫날의 그 자연스러움과 편안함을 다시는 되찾지 못하고 있었다. 제르멘은 자기의 파출부 일을 화제로 삼곤 했지만, 프리울라나 그의 어머니가 들을까 싶어서 짤막하게만 이야기했다. 상점 주인의 아들에게는 파출부의 아들과 침대를 이웃하고 있다는 것이 기분 나쁠 수도 있겠기 때문이었다. 앙투안은 어머니의 식사가 걱정이 되어서 과자와 만화 신문을 사는 데에 너무 많은 돈을 쓰지 말라고 어머니에게 부탁하곤 했다. 앙투안 역시 그런 말을 할 때는 누가 들을까봐 겁을 냈다. 그들은 거의 속삭이듯 이야기를 나누었고, 대부분의 시간에는 말없이 서로 바라보고 있거나 큰 소리로 지껄여대는 다른 가족들의 이야기를 멍하니 듣고 있었다.

  어느 날 오후, 면회 시간이 끝난 뒤에 프리울라는 늘 수다스럽던 여느 때와는 달리 마치 무엇에 넋을 잃은 듯 한 곳에 시선을 붙박고 오랫동안 침묵을 지켰다.

  "네가 어쩐 일로 그렇게 말이 없냐?"

  앙투안이 묻자 프리울라는 처음엔 이렇게만 대답했다.

"그럴 일이 있어. 굉장한 일이지."

프리울라는 기쁨에 차 있는 게 분명했다. 그런데 그 행복감에 어떤 양심의 가책이 섞여들어서 사실을 털어놓으려다 말고 입을 다문 것 같았다. 한참 더 뜸을 들이다가 프리울라는 마침내 모든 것을 고백하기로 마음먹었다.

"사실은 어머니께 장화 얘기를 했어. 그걸 나에게 사주시겠대. 집에 돌아가면 그걸 갖게 될 거야."

앙투안은 그 말에 가슴이 덜컥 내려앉았다. 장화는 이제 공동의 보물이 아니었다. 남에게 박탈감을 주지 않고 누구나 꿈을 길어올릴 수 있었던 모두의 우물이 아니라 한 사람만의 재산이 되어버린 것이다.

"내가 갖게 되면 너에게도 빌려줄게."

프리울라가 그렇게 말했지만 앙투안은 고개를 가로 저었다. 앙투안은 아이들끼리의 비밀로 간직되었어야 할 것을 자기 어머니에게 말한 프리울라가 원망스러웠다.

프리울라의 어머니는 병원에서 나와 택시를 타고 엘리제 데 보자르 거리로 갔다. 아들이 말한 문제의 고물상을 찾는 데에는 어려움이 없었다. 장화는 여전히 진열창 안의 제자리에 있었다. 그녀는 바로 가게 안으로 들어가지 않고 가게를 살피고 손으로 쓴 광고문들을 읽어보느라고 몇 분간 늑장을 부렸다. 그녀는 역사에 대해서 아는 바가 많지 않았기 때문에 캄포 포르미오 조약에 서명할 때 사용했다는 만년필을 보고도 전혀 놀라지 않았다. 그녀는 그런 종류의 장사를 별로 대단하게 여기지 않았지만 진열창에 대해서는 그런 대로 좋은 인상을 받았다. 무엇보다 그녀에게 신뢰감을 주었던 것은 다음과 같은 문장이 적힌 광고지였다.
  '우리 가게에서는 부자들에게만 외상을 줍니다.'
  그녀는 이 광고가 다소 분별이 없다고 생각했다. 그러나 가게 주인이 훌륭한 원칙을 가지고 있는 것으로 보이기는 했다. 그녀는 문을 밀고 가게 안으로 들어섰다. 가게를 비추는 전구 아래에 작고 깡마른 노인이 앉아 있었다. 노인은 박제된 커다란 새를 마주한 채 그 새와 체스를 두고 있는 것처럼 보였다. 그녀가 들어온 것에는 아랑곳하지 않고 노인은 체스판 위의 말들을 움직이고 있었다. 한번은 자기를 위해서, 또 한번은 상대방을 위해서 번갈아가며 두고 있는 거였다. 그는 이따금 자기 쪽에 유리한 수를 두고 마음이 흐뭇해서 그러는 건지 공격적인 비웃음을 흘리곤 했다. 프리울라의 어머니는 처음엔 어리둥절해서 어찌할 바를 모르다가 인기척을 내야겠다고 생각했다. 바로 그때 노인이 갑자기 의자에서 엉거주춤하게 일어서더니 눈을 부릅뜨고 새의 머리를 향해 손가락질을 하면서 째지는 소리로 불평을 하기 시작했다.

  "이건 속임수야! 거짓말하지 마! 방금 또 속임수를 썼어. 자네 여왕이 이중으로 위협을 받고 곧 잡힐 것 같으니까 여왕을 지키려고 기사를 슬쩍 옮겨놓았다고. 아, 그래? 속임수 썼다는 걸 시인하는 겐가? 좋아, 그렇다면 참 다행이지. 하지만 방금 자네가 인정했으니까, 자네 기사를 압수하겠네."

  노인은 정말로 체스판에서 말 하나를 집어내어 자기 호주머니에 넣었다. 그러더니 새를 바라

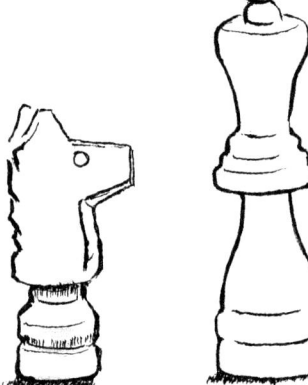

보면서 한바탕 쾌활하게 웃었다. 그 웃음은 이내 미친 듯한 웃음의 발작으로 변했다. 그는 의자에 다시 털썩 주저앉아, 체스판 위로 몸을 숙인 채 손을 포개어 가슴에 대고 어깨를 들썩거리며 웃어댔다. 웃음소리는 거의 들리지 않았다. 간간이 생쥐 울음과 비슷한 날카로운 소리가 들릴 뿐이었다. 프리울라의 어머니는 조금 겁이 나서 그냥 나가는 게 낫지 않을까 하고 생각했다. 노인은 마침내 진지한 태도를 되찾고 웃음 때문에 맺힌 눈물을 훔치며 새에게 말했다.

"미안하네. 하지만 자네 그렇게 뾰로통한 얼굴을 하고 있으니까 너무 우스워. 제발 날 그런 눈으로 보지 말게. 또다시 웃음이 나올 것 같아. 자네가 얼마나 우스꽝스러운지 자넨 아마 모를 거야. 자, 조금 전 일은 없었던 걸로 하세. 자네 기사를 돌려주겠네."

노인은 호주머니에서 기사를 꺼내 제자리에 도로 놓더니 체스판을 살피는 데에 몰두했다.

프리울라의 어머니는 어찌할까를 놓고 더 망설이다가, 가게까지 오느라고 들인 택시비를 생각해서 남아 있기로 했다. 그녀는 점점 더 큰 소리로 헛기침을 했다. 세번째 기침 소리에 가게 주인이 고개를 돌렸다. 그는 호기심을 보이며 다소 비난이 섞인 눈길로 그녀를 바라보며 물었다.

"아주머니도 체스를 두시나 보죠?"

프리울라의 어머니는 그 느닷없는 질문에 당황하여 이렇게 대답했다.

"아니에요. 둘 줄 몰라요. 예전에 체스를 두어본 적이 있어요. 저의 할아버지께서 아주 잘 두셨지요."

"한마디로 말해서, 체스를 못 두신다는 거군요."

노인은 놀라고 당황한 기색을 보이며 도무지 이해할 수 없다는 듯이 그녀를 잠시 살펴보았다. 그녀가 왜 거기에 있는지 의아해하는 눈치였다. 하지만 그 답을 알 수도 없고 알고 싶지도 않다는 듯이 심드렁한 태도를 보이며 체스로 되돌아가서 새에게 말을 걸었다.

"자네가 둘 차례야."

프리울라의 어머니는 그 별난 고물장수의 무례한 대접에 어안이 벙벙하여 한동안 망연히 서 있었다.

노인은 만족의 표시로 손을 비비며 말했다.

"와, 판이 재미있게 돌아가는데. 자네가 이 궁지를 어떻게 벗어날지 자못 궁금하구먼."

"죄송한데요, 저는 물건 사러 온 사람이에요."

그녀가 큰맘을 먹고 그렇게 다시 말을 걸자, 노인은 깜짝 놀란 표정으로 그녀를 쳐다보았다.

"손님이군!"

노인은 잠시 생각에 잠긴 듯한 표정을 짓고 있다가 새 쪽으로 몸을 돌려 나직한 소리로 말했다.

"손님이라네."

그는 체스판을 내려다보며 다시 깊은 생각에 잠겼다. 그러다가 갑자기 그의 얼굴이 환해졌다.

"아니, 이런 수가 있었나? 이걸 몰랐네. 점점 더 재미있어지는걸. 아주 멋지게 막아냈어. 내가 예상하지 못한 수야. 축하하네. 전세가 완전히 역전됐어. 이번엔 내가 궁지에 몰렸네."

그가 다시 게임에 몰입하는 것을 보면서 프리울라의 어머니는 자기가 모욕을 당했다고 판단하고 목청을 높였다.

"어쨌거나 남 좋으라고 마냥 기다리면서 오후 시간을 허비하고 싶지는 않아요. 여기서 이러고 있다간 다른 볼일도 못 보겠어요."

"그럼 대체 원하시는 게 뭡니까?"

"저기 진열창에 있는 장화의 가격을 알고 싶어서 왔는데요."

"삼천 프랑입니다."

가게 주인은 체스판에서 고개도 들지 않고 말했다.

"삼천 프랑이라구요? 아니, 어떻게 되신 거 아니에요?"

"그래요, 나 미쳤소."

"이보세요. 장화 한 켤레에 삼천 프랑이라니, 그건 말도 안 돼요! 농담이라도 그런 말씀 마세요."

그 말에 화가 난 노인은 자리에서 일어나 손님 앞에 떡 버티고 섰다.

"아주머니, 어떡하실래요? 이 장화 한 켤레에 삼천 프랑을 내실 거요, 말 거요?"

프리울라의 어머니는 열에 치받쳐 소리쳤다.

"아뇨, 안 사요. 당연히 안 사지요."

"그럼 더이상 이야기하지 맙시다. 그리고 체스 좀 두게 날 가만히 내버려두세요."

프리울라가 칠십 리 장화를 갖게 되리라는 것을 알고 나서, 친구들은 노골적으로 불만을 드러냈다. 친구들의 불평이 너무 거세어지자 프리울라는 그들을 안심시킬 필요가 있다고 생각했다.

"내가 어머니에게 장화 얘기를 한 건 일부러 그런 게 아니라 어쩌다 나도 모르게 말이 나온 거야. 게다가 어머니는 아무 약속도 안 하셨어. 단지 안 된다는 말씀을 안 하셨을 뿐이야."

하지만 친구들은 쉽게 마음을 놓을 수 없었다. 프리울라가 조심성 없이 으스대며 좋아하는 꼴을 보인 게 자꾸 마음에 걸렸던 것이다. 그러다 보니 프리울라는 하루 동안 따돌림을 받게 되었다. 친구들은 그가 무슨 말을 하면 그저 마지못해 대답할 뿐이었다. 하지만 결국 그들의 내심에는 희망을 버리지 말아야 한다는 생각이 무엇보다 강했다. 아이들은 프리울라가 장화를 독차지할지도 모른다는 불안감에서 완전히 벗어난 것은 아니었지만, 그런 불상사가 생길 가능성이 아주 희박하다고 굳게 믿었다. 아이들은 장화 얘기를 점점 꺼리더니 곧 그 얘기를 더이상 하지 않게 되었다. 설령 한다 해도 자기들의 솔직한 마음을 드러내지는 않았다.

프리울라의 예를 곱씹어보고 나서, 아이들은 저마다 장화가 자기 것이 되기를 기대하며 묘안을 내기 시작했다. 어느 날 오후, 위슈맹은 어머니가 다녀가신 뒤에 갑자기 낯빛이 환해지더니 그날 저녁 내내 침묵을 지키며 자기의 기쁨을 감추었다. 그 이튿날에는 로지에와 노댕이 행복해하였다.

  가장 먼저 퇴원한 것은 프리울라였다. 친구들이 꼭 면회를 와달라고 하자, 그는 이렇게 대답했다.
  "나 혼자 여기까지 온다는 게 얼마나 어려울지 한번 생각해봐!"
  아버지와 함께 병원에서 집으로 가는 동안 프리울라는 아무것도 묻지 않았다. 자기에게 깜짝 놀랄 선물을 해주려는 부모의 기쁨을 망치고 싶지 않았던 것이다. 그렇게 자기 딴에는 세심한 배려를 했는데, 막상 집에 와보니 아무도 장화 얘기를 하지 않았다. 그러나 프리울라는 그것 때문에 불안을 느끼지 않았다. 오전에는 부모가 식료품점 일로 바쁘기 때문에 나중에 식사 때에 장화를 선물하려는가 보다 하고 생각했다. 그때까지 프리울라는 안마당에 나가놀기로 했다. 가게 뒷방을 거쳐 나가게 되어 있는 안마당에는 궤짝, 술통, 병, 통조림 깡통 등 갖가지 물건들이 쌓여 있었다. 프리울라는 그것들을 부품으로 삼아 장난감 전투기를 만들었다. 빈 궤짝에 연어 깡통과 완두콩 깡통으로 계기를 설치하고 코냑 병을 기관총으로 삼았다. 프리울라는 1,200미터 높이로 비행했다. 맑은 하늘에 적기 한 대가 나타났다. 프리울라는 조금도 당황하지 않고 2,500미터로 재빨리 고도를 높였다. 적은 아무것도 눈치채지 못하고 태평스럽게 비행하고 있었다. 프리울라는 적기 위로 급강하하며 기관총을 쏘아대기 시작했다. 그러나 궤짝의 테두리로 몸을 기울이고 있다가 손에서 빠져나간 코냑 병이 포석 바닥에 떨어지면서 박살이 나버렸다.

프리울라는 전혀 놀라지 않고 이를 악물며 중얼거렸다.
"젠장! 기관총에 정통으로 한 방 맞았군."
프리울라의 어머니는 가게 뒷방에 있다가 병 깨지는 소리에 놀라 안마당을 내다보았다. 코냑이 흥건하게 고인 곳 한복판에 병조각들이 흩어져 있었다.
어머니가 고함을 질렀다.
"철딱서니없는 것도 유만부동이지. 집에 돌아온 지 얼마나 되었다고 또다시 말썽이냐? 이럴 거면 있던 곳에나 더 있을 거지 뭐 하러 빨리 나왔어? 이건 가격이 또다시 10퍼센트나 오른 고급 코냑이란 말이야. 오늘 오후에 장화를 사러 가려고 했는데 이제 장화하곤 영영 이별하는 줄 알아. 너 하는 꼴을 보니까 그 얘기는 더이상 할 필요가 없겠어. 더구나 값이 얼마이든 장화를 사달라고 하는 것도 터무니가 없어. 이미 고무 장화가 한 켤레 있잖아. 그것도 아직 새것이나 다름없어."

그 이틀 후에는 로지에가 퇴원했다. 집에 돌아가서 장화 얘기를 꺼내자 식구들이 모두 놀란 눈치였다. 그래도 어머니는 자기가 한 약속을 생각해내고 이렇게 중얼거렸다.
"장화, 그래, 그렇지 참."
어머니가 난처해하는 것을 보고 아버지가 말을 받았다.
"그 장화 참 예쁘더라. 하지만 그 문제는 네 학교 성적이 오르면 다시 이야기하기로 하자. 다리 하나 부러졌다고 해서 네가 해달라는 대로 뭐든지 다 해줄 수는 없어. 네가 입원해 있을 때 엄마가 네게 무슨 약속을 한 모양인데, 그건 좋아. 하지만 이젠 다 나아서 이렇게 건강해졌으니까, 당장은 잃어버린 시간을 벌충하는 게 급선무야. 학년말에 네가 좋은 성적을 받게 되면 그 만족감으로 보상을 받게 될 테고, 장화에 대해서도 그때 가서 생각해보자. 급할 거 없지. 안 그러냐? 먼저 공부부터 해라."

그 다음다음 날에 집으로 돌아간 노댕 역시 똑같은 실망을 맛보았다. 그러나 노댕의 부모는 에둘러 말하지 않고 무관심한 태도를 더 분명하게 드러냈다. 장화에 관해서 질문을 받자, 어머니는 그 전날 약속을 다시 다짐해놓고도 심드렁한 표정으로 이렇게 대답했다.
"아빠한테 물어봐라."
그러자 아버지는 마치 어머니가 삼십 년 전쟁의 원인에 관한 이야기에 자기를 끌어들이기라도 한 것처럼 무관심하기 짝이 없는 말투로 중얼거렸다.
"아, 장화!"

침대가 이웃해 있는 앙투안과 위슈맹은 노댕이 나간 뒤에도 일 주일이나 더 병원에 머물렀다. 새로 입원한 환자들과 따로 놀게 되면서 두 아이는 더욱 친해졌다. 하지만 그 친밀함이 앙투안에게는 종종 매우 고통스러운 시련을 안겨주었다.
그 한 주일 동안에도 앙투안은 가난 때문에 괴로움을 겪을 일이 많았다. 자기 자신의 삶에서는 털어놓고 이야기할 만한 것을 찾을 수가 없었기에 위슈맹의 비밀 이야기를 들어도 한두 마디 토를 달 뿐 그에 상응하는 이야기를 해줄 수가 없었다. 고백할 만한 속내 이야기가 없어서 그저 남의 얘기를 듣기만 해야 하는 신세만큼 처량한 것도 없다. 누구나 알다시피, 고전 비극에서 우리를 진짜 슬프게 하는 것은 주인공의 비밀 이야기를 들어주는 자의 비극이다. 평생 특별한 일이라곤 겪어본 적이 없는 순진한 사람들이 자기 모험을 자랑스러워하는 주인공의 장황한 이야기를 체념한 채 다소곳하게 듣고 있는 모습을 보는 것은 슬픈 일이다. 위슈맹은 이야기에 재미를 붙였는지 그것을 들어주는 사람이 따분해하거나 말거나 친구와 일가친척에 관한 일화를 잔뜩 늘어놓았다. 특히 자기 삼촌과 외삼촌, 고모와 이모 들에 관한 이야기에 열을 올렸는데, 그것은 위슈맹이 바로 그들에게 희망을 걸고 있기 때문이었다. 프리울라와 로지에와 노댕의 경험을 통해 아버지와 어머니의 약속은 별로 믿을 게 못 된다는 것을 알게 된 터라, 그들에게 부탁하는 것이 더 효과가 있으리라 믿고 싶은 거였다. 위슈맹의 말대로라면 그의 삼촌과 외삼촌, 고모와 이모 들은 그에게 칠십 리 장화를 사주는 영광을 서로 차지하려고 다툴 준비가 되어 있는 사람들이었다. 앙투안은 쥘, 마르셀, 앙드레, 뤼시앵 같은 아저씨들과 안나, 로베르트, 레옹틴 같은 아주머니들의 이름을 귀가 아프도록 들었다. 그런 날 밤이면 앙투안은 다른 환자들이 잠든 시각에 홀로 잠을 못 이루고 뒤척이며, 이 세상에 아저씨도 아주머니도 사촌도 하나 없는 자기 운명의 기구함에 대하여 여느 때보다 더 자주 그리고 더 오래 생각하곤 했다. 물론 세상엔 고아도 없지 않지만, 그런 고아가 아닌 다음에야 자기네처럼 일가친척이 없는 가족이 또 있을까 싶었다. 그런 생각을 하면 마음이 서글퍼지고 기가 죽었다. 어느 날 앙투안은 자기가 가난하고 내세울 것이 없다는 것에 진저리가 났다. 그래서 위슈맹이 쥐스틴이라는 아주머니 얘기를 하고 있을 때, 그의 말을 가로막고 거리낌없이 이렇게 말하였다.

"쥐스틴 아주머니든 너의 다른 일가친척이든 내겐 별로 흥미가 없어. 요즘은 미국에서 오실 나의 삼촌을 생각하는 것만으로 마음이 벅차거든. 알겠니?"

위슈맹은 눈을 동그랗게 뜨며 소리쳤다.

"미국에서?"

"글쎄 그렇다니까. 빅토르 삼촌이 오신다고."

앙투안은 낯을 조금 붉혔다. 거짓말이 서툰 아이였다. 삶이 너무나 소박해서 거짓말을 할 필요조차 느끼지 않는 아이였다. 위슈맹의 질문에 쫓겨서 앙투안은 그 첫번째 거짓말에 뼈대를 세우고 살을 붙여나가야만 했다. 그렇게 빅토르 삼촌이라는 인물을 꾸며내는 것은 그런 대로 기분 좋은 일이었다. 그것은 한낱 장난이라기보다 초라한 삶에 대한 앙갚음이었고 단박에 풍성해지고 호화찬란해진 삶 그 자체였다. 빅토르 삼촌은 명망 있고 잘생기고 용감하고 너그럽고 힘이 세며, 공부도 할 만큼 하고 일 주일에 한 명 꼴로 사람을 죽이며 하모니카를 멋지게 부는 사람이었다. 물론 그는 여러 가지 일을 동시에 하는 사람이고, 자기 조카가 갖고 싶어하는 장화를 사주기 위해서라면 열 일을 제쳐두고 달려올 사람이었다. 장화의 가격 따위는 그에게 문제도 되지 않을 거였다. 앙투안은 남의 이야기를 들어주기만 하는 역할에 지칠 대로 지쳐 있던 터라 열의와 자신감을 가지고 이야기를 쏟아냈다. 위슈맹은 그 기세에 풀이 죽어 한 가닥 작은 희망만을 붙들고 있었다.

그 다음날 아침이 되자 앙투안은 양심의 가책을 느끼며 전날 자기가 고삐 풀린 상상력에 굴복했던 것을 후회했다. 빅토르 삼촌은 이미 중요한 존재가 되어버린 만큼 성가시고 버겁고 비밀을 지키지 못하는 두려운 존재이기도 했다. 앙투안은 삼촌을 잊고 무시하려고 애썼지만, 강하고 독특한 개성을 지닌 그 허구적인 인물이 마치 실제로 존재하는 것처럼 느껴졌다. 그 이후로 며칠 동안 앙투안은 그 인물에 익숙해지고 그를 아주 편하게 받아들이게 되면서 그에 관해서 이야기하지 않고는 더이상 견딜 수 없을 정도가 되었다. 양심의 가책도 이젠 앙투안을 거의 괴롭히지 않았다. 다만 어머니가 와 있는 면회 시간이면 양심이 다시 고개를 들곤 했다. 앙투안은 어머니에게 빅토르 삼촌을 소개하고 싶었고 그 굉장한 친척 덕분에 어머니 역시 부자가 되기를 바랐다. 하지만 그 이야기를 어떻게 꺼내야 할지 알 수가 없었다. 어머니에게 새빨간 거짓말의 공모자가 되어달라고 부탁할 수는 없는 노릇이었다. 앙투안은 소꿉놀이하는 아이들의 말투를 빌려 가상을 짐짓 현실처럼 말해볼까 하고 여러 번 생각했다. '우리에겐 삼촌이 하나 있는 거야. 그이는 미국에 있고 그이를 부를 때는 빅토르 삼촌이라 하기로 해' 하는 식으로 말이다. 그러나 어머니는 아마도 앙투안보다 더 어려운 어린 시절을 보냈기 때문에 놀이라는 것에는 영 감각이 둔한 사람이었다. 한편 제르멘은 제르멘대로 아들에게서 이상한 낌새를 느꼈다. 결국 그들 모자는 서로 마음이 통하지 않는 것을 안타까워했다.

퇴원할 날이 다가오면서 앙투안의 근심은 깊어만 갔다. 친구들이 뭐라고 할지 짐작이 가고도 남았다. "야, 니네 삼촌이 미국에서 돌아왔을 텐데, 어째서 장화가 여전히 진열창 안에 있냐?" 그렇게 물으면 뭐라고 대답하지? 빅토르 삼촌이 막판에 여행을 연기했다고 대답할까? 아냐, 그건 위험해. 무릇 영웅이란 남이 자기 능력을 필요로 할 때 그곳에 있어야 하는 법이다. 그렇지 않으면 그가 영웅이라는 것은 거짓이거나 환상일 따름이다. 어쩌면 친구들은 "설마 영화에 나오는 어떤 아저씨를 니네 삼촌이라고 거짓말한 건 아니겠지?" 하고 놀릴지도 모를 일이었다.

앙투안과 위슈맹은 같은 날 병원을 떠났다. 얼음처럼 찬 비가 내려서 따뜻한 병실이 오히려 그리워지는 그런 아침녘이었다. 두 아이는 함께 떠나지 못했다. 앙투안은 르포르 정육점의 청소 일 때문에 붙잡혀 있는 어머니를 기다려야 했다. 기다렸다기보다 차라리 어머니가 오지 않기를 바랐다고 하는 편이 나을 것이다. 그 정도로 이제 빅토르 삼촌이라는 인물이 두렵게 느껴졌던 것이다. 제르멘은 늦게서야 병원에 도착했다. 자기 차로 데려다주겠다고 고집하는 정육점 주인 르포르 씨를 정육점에서 한 시간 가까이나 기다린 탓이었다. 500미터밖에 안 되는 거리라 그냥 가고 싶었지만 그의 마음이 상할까 싶어 차마 거절을 못한 거였다.

깁스를 풀고 처음으로 바깥에 나온 앙투안은 다리 놀림이 어색해서 조심조심하며 걸었다. 바람이 불고 비가 오고 있었지만, 아이가 택시

비로 돈이 낭비되는 것을 원치 않아서 두 모자는 집까지 걸어가기로 했다. 그들은 천천히 걷고 있었지만 몽마르트르의 언덕길이 가파르고 날씨까지 궂은데다 아이가 지쳐 있어서 둘 다 풀이 죽어 있었다. 아이는 어머니가 무슨 말을 해도 더이상 응대할 기력조차 없었다. 그런 상황에서 8층의 지붕밑 방까지 걸어 올라갈 생각을 하니 눈물이 나왔다. 앙투안은 외투에 달린 모자를 눌러쓰고 어머니 몰래 울었다. 그런데 계단을 올라가는 일보다 아이를 더 녹초로 만든 것은 건물의 관리인을 만난 것이었다. 그 여자는 가난한 사람들이 종종 자기네보다 더 가난한 사람들에게 그러듯이 경멸이 섞인 다정한 말투로 앙투안에게 이것저것 물었다. 그녀는 좀 모자라는 사람이나 보잘것없는 사람들에게 말할 때처럼 앙투안에게도 아주 큰 소리로 말해야 한다고 믿고 있는 모양이었다. 앙투안은 그녀에게 자기 다리를 보여주고 골절이 있었던 자리를 가리키면서 설명을 해주어야 했다. 제르멘은 그 고역이 빨리 끝나게 하고 싶었지만 그렇듯 영향력이 큰 사람의 비위를 거스르기가 두려웠다. 앙투안은 관리인 여자가 자기 기분 좋으려고 건네준 50상팀을 받으며 감사하다는 말까지 해야 했다.

  앙투안은 집 안에 들어서다가 속으로 깜짝 놀랐다. 벽지가 바뀌었기 때문이었다. 어머니는 그 깜짝 놀랄 일에 아들이 어떤 반응을 보일지 불안해하며 아들의 표정을 살폈다. 아이는 충격을 감추기 위해 애써 미소를 지었다. 사실 아이는 자기가 옛날 벽지를 좋아했다는 사실을 깨닫고 있는 중이었다. 비록 여기저기 벗겨지고 해지고 때가 묻고 무늬가 희미해지긴 했어도, 아이는 그 거무죽죽한 벽지에서 자기가 만들어낸 풍경이며 해질녘에 움직이는 사람과 짐승을 알아볼 수 있었다. 연한 초록색이라서 벌써 색이 바랜 것처럼 보이는 새 벽지에는 짙은 초록색의 반점들이 찍혀 있었다. 뜨내기 일꾼이 어설프게 도배해놓은 이 얇은 벽지는 왠지 병적인 느낌을 주었다. 제르멘은 난로에 불을 붙였다. 궂은 날씨 때문에 연기가 나서 창문을 열자 비바람이 휘몰아쳐 들어왔다. 결국 창문을 열었다 닫았다 하면서 난롯불과 비바람을 타협시켜야만 했다.

앙투안은 침대에 앉아서 아이들이 이따금 병을 앓고 난 뒤에 경험하는 새벽녘의 그 맑은 정신으로 자기네의 살아가는 모습을 골똘히 바라보았다. 식탁이 차려지자 어머니가 아이에게 수프를 떠주면서 물었다.

"마음에 드니?"

"예. 마음에 들어요. 예쁘네요."

"많이 망설였어, 얘. 분홍색과 흰색으로 된 다른 걸로 할까도 생각했는데, 그건 때가 잘 타겠다 싶었지. 너한테 견본을 보여주고 네 마음에 드는 것을 고르게 하고 싶었지만, 너에게 뜻밖의 기쁨을 주려면 어쩔 수 없다고 생각했어. 그런데, 정말 마음에 드니?"

"예. 정말 마음에 들어요."

아이는 소리내지 않고 울기 시작했다. 좀처럼 그칠 것 같지 않은 눈물이 규칙적으로 뚝뚝 떨어졌다.

"어디 아프니? 무슨 걱정거리가 있니? 친구들이 보고 싶어서 그러니?"

아이는 머리를 흔들었다. 어머니는 아이가 자기네의 가난을 슬퍼하며 그렇게 울었던 적이 있음을 기억해내고, 생활 형편이 한결 나아졌음을 알려주었다. 집세를 막 치른 터이므로 그 점에 대해서는 앞으로 세 달 동안 걱정할 게 없었다. 지난주에는 아침 일찍부터 하는 한 시간 반 짜리 파출부 일자리를 구했는데, 주인이 그녀의 일솜씨에 만족해하고 있는 터였다.

"그리고 너한테 얘기를 안 했다만, 어제 오후에는 이런 일도 있었단다. 라리송 아주머니네 개가 죽었어. 착한 녀석이었는데 참 안됐지 뭐냐. 그런데 그 개가 죽는 바람에 우리는 오히려 덕을 보게 생겼어. 이제부턴 라리송 아주머니네의 남은 음식을 내가 가져올 수 있을 거야. 그이가 친절하게도 내게 그러라고 하더구나."

앙투안은 자기네의 삶에 찾아온 그런 작은 행복에 고맙다는 말로 대답하고 싶었지만, 슬픔이 여전히 마음을 짓누르고 있어 그럴 수가 없었다. 어머니는 아이의 그 침울한 모습이 너무 마음에 걸려 오후 한 나절이나마 아이를 혼자 두고 나가기가 망설여졌다. 그러다가 한시 반쯤 되어 아이가 좀 진정되는 것을 보고서야 라리송네 집으로 두 시간짜리 파출부 일을 하러 가기로 했다. 그러잖아도 라리송이 그녀의 일하는 방식에 대해 흠을 잡고 있던 터라 가기는 꼭 가야 하는 상황이었다.

제르멘은 아들의 영문을 알 수 없는 슬픔에 마음이 불안했다. 학교가 파할 무렵에 교문 앞에 가서 아들의 친구들 중에 아무나 붙잡고 한번 물어봐야겠다는 생각이 떠올랐다. 그녀가 특히 잘 아는 아이는 바랑캥이라는 꼬마였다. 앙투안의 침대 머리맡이나 병원 앞에서 그 아이와 함께 있었던 적이 있기 때문이었다. 그 면담의 결과는 그녀가 기대했던 것 이상이었다. 바랑캥은 조금도 망설이지 않고 앙투안이 우울해하는 이유를 말해주었다. 제르멘은 단박에 장화 이야기와 미국에 있다는 빅토르 삼촌에 관한 이야기를 알게 되었다.

제르멘은 이 길 저 길을 헤맨 끝에 엘리제 데 보자르 거리에 다다라 마침내 문제의 고물상을 찾아냈다. 진열창에 불이 들어와 있는 걸로 보아 가게문을 닫은 것 같지는 않은데 문이 열리지 않았다. 다시 손잡이를 돌려보려고 하는데, 가게 주인이 문의 유리를 가린 침대 바닥 깔개의 한 귀퉁이를 들추고 물러가라는 시늉을 했다. 제르멘은 무슨 영문인지를 몰라 진열창 안에 있는 장화를 가리켰다. 마침내 노인이 문을 빼꼼 열고 말했다.

"꼭 말을 해야 알겠소? 가게문을 닫았단 말이오."

"닫았다고요? 여섯시도 안 됐는데요?"

"오늘은 가게문을 열지 않았소. 오늘이 내 영명 축일이거든요. 이제 아셨소?"

노인은 그렇게 말하고 나서 입구에 완전히 모습을 드러냈다. 예복을 입고 흰 셔츠에 넥타이를 맨 차림이었다. 제르멘은 자기가 찾아온 목적을 설명하고 집에서 자기를 기다리고 있는 앙투안에 대해서 이야기했다. 그러나 노인은 그녀의 말을 들으려고 하지 않았다.

"아주머니, 대단히 유감스럽지만 아까도 말했듯이 오늘은 내 영명 축일입니다. 한 친구가 나를 보러 바로 저기에 와 있습니다."

노인은 뒤를 한번 힐끗 돌아보고는 목소리를 낮추며 덧붙였다.

"저 친구가 불안해하고 있어요. 내가 누구랑 이야기하는지 궁금한 모양입니다. 들어오십시오. 마치 저를 축하해주러 오신 것처럼 해주십

시오. 저 친구는 몹시 화를 낼 겁니다. 지독하게 시기심이 많고 나와 관계된 것은 뭐든지 샘을 부리는 친구거든요. 하지만 저 친구의 약을 올리는 것도 나쁘지는 않을 것 같군요."

제르멘은 그 기회를 놓치지 않고 노인을 따라 안으로 들어섰다. 가게 안에는 아무도 없었다. 바랑캥이 말한 커다란 새가 있을 뿐이었다. 학이나 두루미처럼 다리가 긴 그 새는 기다란 목 한가운데에 하얀 넥타이가 매여 있고 한쪽 날개에는 외알박이 안경이 검은 리본에 묶여 있어서 더더욱 눈길을 끌었다.

노인은 제르멘을 보며 한쪽 눈을 찡긋하더니 한껏 목청을 높여서 그녀에게 말했다.

"공주님, 이렇게 옛 친구를 잊지 않고 뜻밖의 기쁨을 베풀어주시니 그저 황송할 따름입니다."

노인은 그 말이 낳은 효과를 가늠하려고 새를 슬쩍 바라보고는 짓궂은 미소를 지었다. 제르멘은 어안이 벙벙하여 어찌해야 좋을지를 몰랐다. 그러나 노인이 대단히 수다스럽게 자기 혼자서 묻고 대답하기를 다 했기 때문에 그녀는 그냥 가만히 보고만 있어도 되었다. 잠시 후 노인은 새 쪽으로 몸을 돌리더니 의기양양한 목소리로 말했다.

"공주님께서 그러시는데 내가 전적으로 옳다네. 그 모든 일은 콘치니의 아내 레오노라 갈리가이 때문에 생긴 거라고."

노인은 공주의 존재는 아랑곳하지 않고 그녀에게서 등을 돌린 채 어떤 역사적인 사건에 관한 논쟁에 몰두했다. 논쟁이 노인에게 불리한 쪽으로 돌아가는지, 노인은 눈에 칼을 세우고 새를 노려보면서 침묵으로 일관하기에 이르렀다. 제르멘은 시간이 너무 지체된다 싶어 노인의 침묵을 틈타 자기가 장화를 사러 가게에 왔음을 상기시켰다.

"참 이상한 일이네요. 얼마 전부터 이 장화를 사려는 사람들이 갑자기 많아졌으니 말이오."

"얼마예요?"

"삼천 프랑 내시오."

노인의 대답은 심드렁했다. 손님이 놀라거나 말거나 전혀 관심이 없다는 투였다. 노인은 갑자기 펄쩍 뛰더니 새를 바라보면서 화가 치민 목소리로 외쳤다.

"내 그럴 줄 알았어. 자네도 동의하지 못 하겠다 이거지? 이 장화를 삼천 프랑에 파는 건 너무 심하다고? 자아, 그럼 자네가 가격을 말해봐. 거북해할 거 없다고. 오늘은 외알박이 안경까지 꼈으니까 무엇이든 자네 마음대로 할 수 있어."

노인은 잠시 침묵을 지키다가 제르멘 쪽으로 몸을 돌리더니 쓸쓸한 미소를 지으며 말했다.

"저 말 들으셨죠? 내 장화가 겨우 이십오 프랑짜리밖에 안 되는 모양이군요. 할 수 없지! 좋아요. 이십오 프랑에 가져가요. 이제 나는 이 가게에서 주인이고 뭐고 아무것도 아닌 셈이오. 저 친구가 이 가게의 주인인 셈 치자고요. 자, 가져가시오, 아주머니."

노인은 진열창에서 장화를 꺼내오더니 신문지에 싸서 제르멘에게 내밀었다. 그러고는 새에게 말했다.

"한심한 친구 같으니. 자네 때문에 이천구백칠십오 프랑을 손해봤어."

제르멘은 그 말에 마음이 불편해져서 지갑을 열다 말고 노인에게 말했다.

"너무 밑지고 파시는 것은 원하지 않아요."

"괜찮아요, 내버려둬요. 내가 저놈을 혼내줄 거요. 아주 샘이 많고 못된 놈이오. 내가 단칼에 저놈을 죽여버릴 거요."

제르멘은 돈을 받으려고 내민 노인의 손이 분노 때문에 부들부들 떨리는 것을 보았다. 노인은 동전을 받아 쥐고 몸을 돌리더니 새의 머리를 향해 홱 던져버렸다. 그 서슬에 깨진 안경알의 파편 하나가 물결무늬 천 리본 끝에 매달려 대롱거렸다. 그러고 나자 노인은 숨 돌릴 틈도 없이 진열창에 있던 낡은 군도 하나를 집더니 칼집에서 칼을 빼어 들었다. 제르멘은 사태의 결말을 기다리지 않고 장화를 든 채 달아났다. 밖으로 나오자 경찰관이나 아니면 이웃사람에게라도 알려야겠다는 생각이 들었다. 새가 정말로 위험한 상황에 놓여 있는 듯했다. 그러나 다시 생각해보니, 그런 방식은 아무 소용이 없고 오히려 그녀에게 귀찮은 일만 안겨줄 것 같았다.

앙투안은 장화를 보자 행복감에 얼굴이 상기되었다. 슬퍼 보이기만 하던 새 벽지도 봄날의 풋사과처럼 예뻐 보였다. 그날 밤 어머니가 잠이 들자, 아이는 소리 없이 일어나 옷을 입고 칠십 리 장화를 신었다. 아이는 칠흑 같은 어둠 속에서 지붕밑 방을 더듬더듬 가로지른 다음, 긴 시간을 들여 조심조심 창문을 열고 처마의 물받이 가장자리로 기어올라갔다. 아이는 한 번의 도약으로 파리 교외에 다다랐고, 두번째 도

약으로 센느에 마른 지역에 이르렀다. 그렇게 십 분을 가자 지구의 반대편이 나왔다. 아이는 광활한 초원에서 걸음을 멈춘 다음, 아침 햇살을 한아름 따서 '성모 마리아의 실'* 로 묶었다.

앙투안은 지붕밑 방을 쉽사리 다시 찾아내어 살그머니 미끄러져 들어갔다. 아이는 찬란한 아침햇살 다발을 어머니의 작은 침대에 올려놓았다. 그 빛이 어머니의 잠든 얼굴을 환하게 비추었다. 아이는 어머니의 피곤이 덜어지리라고 생각했다.

---

* '공중이나 풀 따위에 걸려 있는 거미줄'을 가리키는 프랑스어 표현. (옮긴이)

천국에 간 집달리

프랑스의 한 자그마한 도시에 말리코른이라는 집달리가 살고 있었다. 집달리의 일이라는 것이 사람들에게 슬픔을 주기 십상이었지만, 그는 자기 직무를 너무나 꼼꼼하고 성실하게 수행했다. 설령 자기 자신의 동산을 압류해야 하는 상황이 벌어진다 해도 그 일을 주저없이 해낼 사람이었다. 다만 그럴 기회가 오지 않았고, 집달리가 자기 자신을 상대로 압류 명령을 집행하는 것이 법으로 허용되지 않아서 그러지 못했을 뿐이었다.

　어느 날 밤, 말리코른은 아내 곁에 누워서 잠을 자다가 세상을 떠났다. 그리하여 1심 재판을 맡은 성(聖) 베드로 앞에 출두하게 되었다. 성 베드로는 냉랭하게 그를 맞았다.

　"말리코른, 직업이 집달리로군. 천국에는 집달리가 별로 없지."

　"그건 상관없습니다. 동료들과 같이 있고 싶은 생각은 별로 없으니까요."

천사들 한 무리가 물이 가득 담겨 있는 듯한 커다란 통 하나를 날라왔다. 성 베드로는 통 안을 살펴보면서 비웃음을 흘렸다.

"보아 하니, 자네 적지 않은 환상을 갖고 있구먼. 스스로 천국에 갈 수 있다고 생각하는 모양이지?"

"그럴 수 있기를 바랄 뿐입니다. 하기야 저로서는 양심에 찔리는 짓을 그리 많이 했다고는 생각하지 않습니다. 물론 저는 가증스런 죄인이고 죄악의 그릇이며 더러운 쓰레기입니다. 그렇지만 남에게 단 한 푼도 손해를 보게 한 적이 없고 꼬박꼬박 미사에 참석했으며 모두가 만족하도록 집달리의 직무를 충실하게 수행했습니다."

"그래? 그렇다면 이 커다란 통을 보거라. 네가 세상을 떠나올 때 하늘에 같이 올라온 통이다. 이 속에 뭐가 들어 있을 거라고 생각하지?"

"전혀 짐작이 안 가는데요."

"그렇겠지. 이 통에는 네가 절망에 빠뜨린 홀어미와 그 자녀들의 눈물이 가득 들어 있다."

집달리는 통의 씁쓸한 내용물을 보고도 전혀 당황하는 기색을 보이지 않고 대꾸했다.

"얼마든지 있을 수 있는 일입니다. 아무리 사정이 딱한 홀어미라도 내야 할 돈을 내지 못할 때는 동산을 압류당할 수밖에 없습니다. 그런 일을 당하고 보면 눈물도 나고 이도 갈릴 겁니다. 그러니 이 통이 눈물로 가득 찼다 해도 그리 놀랄 일은 아니지요. 그건 제 일이 다행히도 잘 돌아갔다는 것을 뜻하는 것입니다. 덕분에 저는 실업을 면했지요."

성 베드로는 남의 불행을 아랑곳하지 않는 그 파렴치한 태도에 화가 나서 천사들을 돌아보며 소리쳤다.

"지옥으로 보내! 이 자에게 호된 불맛을 보여주고 그 덴 자리가 영원히 아물지 않도록 매일 두 번씩 홀어미들의 눈물을 뿌리라고 해."

말이 끝나기가 무섭게 천사들이 달려들었다. 말리코른은 매우 단호한몸짓으로 천사들을 제지하며 말했다.

"잠깐만요, 저는 이 불공정한 심판을 받아들일 수가 없습니다. 하느님께 상소를 하겠어요."

죄인이 아무리 미워도 재판은 어디까지나 재판이다. 성 베드로는 화를 억누르고 판결의 집행을 중단해야만 했다. 이내 천둥소리가 울리더니 하느님이 구름을 타고 심판정에 들어섰다. 하느님 역시 집달리들에 대해서 그다지 호의를 갖고 있는 것 같지는 않았다. 말리코른을 심문하는 하느님의 퉁명스러운 태도에서 그걸 알 수 있었다.

말리코른이 스스로를 변호하기 시작했다.

"하느님, 제가 상소를 한 사정을 말씀드리면 이렇습니다. 성 베드로는 제가 집달리의 직무를 수행하는 과정에서 홀어미와 그 자녀가 눈물을 흘린 것을 다 제 탓으로 돌리고 있습니다. 그래서 그 뜨거운 눈물을 제 영벌의 도구로 삼겠다는 것이지요. 이건 부당합니다."

하느님은 엄한 표정으로 성 베드로 쪽을 돌아보며 말했다.

"물론 그렇다. 가난한 사람들의 동산을 압류하는 집달리는 인간이 만든 법률의 도구일 뿐, 그 법률에 대해서는 책임이 없다. 그가 할 수 있는 일은 그저 마음속으로 법률의 희생자들을 불쌍히 여기는 것뿐이다."

그러자 성 베드로가 소리쳤다.

"바로 그겁니다! 이 자는 희생자들에게 연민을 느끼기는커녕 가증스럽게도 희희낙락하며 그들 얘기를 했습니다. 파렴치하게도 그들의 희생을 즐거워했던 게 분명합니다."

말리코른이 되받았다.

"전혀 그렇지 않습니다. 저는 제 임무를 언제나 충실하게 수행했던 점과 저에게 늘 일이 있었다는 점에 만족을 표시했을 뿐입니다. 자기 일을 좋아하고 그걸 잘 하는 것도 죄가 되나요?"

"일반적으로 말해서 그건 죄가 아니다. 너의 경우를 일반적인 경우와 똑같이 다룰 수는 없는 일이다만, 성 베드로의 심판이 성급했다는 점은 인정하고 싶다. 그럼 이제 너의 선행을 보도록 하자. 너의 선행에는 뭐가 있지?"

"하느님, 조금 전에 성 베드로에게 말했다시피, 저는 남에게 단 한 푼도 손해를 끼치지 않았고 직무 수행에 언제나 성실했습니다."

"그리고 또 뭐가 있지?"

"또 뭐가 있냐고요? 글쎄요, 아, 생각났어요. 십오 년쯤 전에 미사를 마치고 나오다가 어떤 가난한 사람에게 오십 상팀짜리 동전을 준 적이 있습니다."

그 말에 성 베드로가 일침을 놓았다.

"그건 맞아. 하지만 네가 준 건 가짜 동전이었어."

"그건 중요하지 않습니다. 그 사람은 어떻게든 그 동전을 써먹었을 테니까요."

"너의 선행이라는 게 고작 그것뿐이냐?"

"하느님, 잘 생각이 나지 않습니다. 오른손이 하는 일을 왼손이 모르게 해야 한다는 말이 있잖습니까?"

허울은 그럴싸했지만, 그런 얼버무림의 속사정은 너무나 쉽게 드러났다. 어떤 영혼이든 최후의 심판대에 오르면 자기의 선행이나 자기가 품었던 좋은 생각을 한두 가지쯤은 내세울 수 있을 법한데, 말리코른에게는 그런 것이 전혀 없었다.

사정이 이러하니 하느님도 매우 난처해하는 것 같았다. 하느님은 집달리가 알아듣지 못하도록 히브리어로 성 베드로에게 말하였다.

"네가 경솔하게 군 탓에 우리 입장이 난처하게 되었다. 물론 이 집달리는 마땅히 지옥에 가야 할 비열한 녀석이다. 하지만 너는 이 자가 흘리게 한 눈물을 모두 이 자의 탓으로 돌리는 잘못을 범했다. 게다가 너는 이 자의 직업적인 자긍심에 심한 상처를 주었다. 우리는 그 점에 대해서 이 자에게 보상을 해주어야 한다. 내가 이 자를 어떻게 했으면 좋겠는가? 이 자에게 천국의 문을 열어줄 수는 없는 노릇이다. 그건 만인에게 혼란을 주는 모순된 심판이 되고 말 것이다. 그렇다면 어떻게 하지?"

성 베드로는 시무룩하게 침묵을 지키고 있었다. 만일 그 혼자 할 수 있는 일이었다면, 집달리의 운명은 벌써 결정되었을 터였다.

하느님은 성 베드로의 침울한 기분을 아랑곳하지 않고 말리코른 쪽을 돌아보며 말했다.

"너는 못된 놈이다. 하지만 성 베드로의 실수가 너를 살렸다. 지옥에 가는 것을 모면한 너를 다시 지옥에 떨어뜨리지는 않겠다. 그렇다고 네가 천국에 들어갈 자격이 있는 것은 아니므로 너를 다시 땅으로 내려보내겠다. 계속 집달리로 살면서 천국에 들어갈 수 있는 선행을 쌓도록 노력하거라. 자아, 가서 네게 허락된 이 유예를 유익하게 활용하도록 해라."

그 이튿날 아침, 말리코른은 아내 곁에서 깨어났다. 자기가 죽어서 겪은 일을 한바탕의 꿈으로 돌릴 수도 있었겠지만, 말리코른은 그런 잘못을 범하지 않고 어떻게 하면 자기가 구원받을 수 있을지에 대해서 곰곰이 생각했다. 아침 여덟시가 되어 자기 사무실로 가면서도 그는 여전히 그 생각에 몰두해 있었다. 그의 서기로 삼십년 전부터 함께 일해온 부리숑 영감은 벌써 자기 책상에 앉아 있었다.

집달리는 사무실에 들어서면서 말했다.

"이봐요, 부리숑. 당신 월급을 오십 프랑 올려주겠소."

부리숑 영감은 느닷없는 약속에 놀라 두 손을 모으며 대답했다.

"그렇게까지 생각해주시다니, 정말 고맙습니다, 말리코른 씨."

그런 감사의 표현을 들어도 집달리의 마음은 그저 덤덤하기만 했다. 그는 붙박이장에서 새 공책 하나를 꺼내 첫 쪽을 펼친 다음 수직선을 하나 그어 면을 두 단으로 나누었다. 그러고는 왼쪽 단의 머리에 동글동글한 글씨로 '악행'이라고 쓰고 그 맞은편에는 '선행'이라고 썼다. 그는 자기 자신의 행동을 엄격하게 심판해서 자기에게 불리한 증거가 될 수 있는 것까지도 빠짐없이 기록해나가리라 다짐했다. 스스로에 대해 공정성을 지키려는 그런 엄격한 마음가짐으로 그는 그날 아침나절에 행한 일들을 돌이켜보았다. 왼쪽 단에 들어갈 만한 것은 전혀 없었다. 그는 오른쪽 단의 선행란에 이렇게 써넣었다.

'나의 서기로 일하는 부리숑 영감은 월급을 더 받을 자격이 없지만, 나 스스로 매달 50프랑씩 더 주기로 했다.'

말리코른은 아홉시경에 최고의 고객인 고르주랭 씨의 방문을 받았다. 고르주랭은 시내에 마흔두 채의 건물을 가지고 있는 거부인데, 자기 세입자들 중에 집세를 잘 내지 못하는 사람들이 더러 있어서 집달리에게 일을 자주 맡겨야 하는 사람이었다. 이번에 그가 말리코른을 보러 온 것은 집세가 2기분, 곧 여섯 달치나 밀려 있는 어떤 궁색한 가정의 문제를 처리하기 위해서였다.

"난 더이상 기다릴 수가 없소. 준다 준다 하며 차일피일한 게 벌써 육 개월이나 되었소. 이제 결판을 냅시다."

말리코른은 마음이 썩 내키지는 않았지만 그 불량한 세입자들을 두둔하려고 애썼다.

"그들에게 기한을 다시 연장해주는 게 이로울 수도 있지 않을까 하는 생각이 드는군요. 그들의 동산은 몇 푼 되지 않아요. 그걸 다 팔아봐야 받으실 돈의 십분의 일도 못 건질 겁니다."

그 말에 고르주랭은 한숨을 내쉬었다.

"나도 잘 알아요. 내가 너무 착했소. 늘 너무 착해서 탈이지요. 그자들은 그 점을 악용하고 있소. 그래서 이렇게 당신에게 필요한 조치를 취해달라고 부탁하러 온 거요. 내 건물에 세들어 사는 가구가 어디 하나둘이오? 자그마치 151가구나 돼요. 만일 내가 착하다는 소문이 돌면 나는 아마 내가 받을 집세의 반밖에 거둬들이지 못하게 될 거요."

"그야 물론이지요. 어쨌든 좋은 결과가 나오는 쪽으로 조치를 취해야겠지요. 하지만 소문에 대해서라면 마음을 놓으셔도 될 겁니다. 나도 사람 꽤나 만나고 다니는 사람인데, 당신이 착하다는 말은 어디에서도 들은 적이 없으니까요."

"그거 참 다행이군요."

"어떤 점에서는 그럴지도 모르지요."

말리코른은 자기 생각을 다 말할 엄두가 나지 않았다. 사후의 심판에 관한 생각이 줄곧 머리를 떠나지 않고 있었다. 자기의 선행을 증언하는 소문이 온 도시에 자자하게 되면 나중에 하느님의 법정에 섰을 때 참으로 마음이 편하겠다는 생각이 들었다.

말리코른은 고르주랭을 문까지 배웅하고 나서 곧장 주방으로 갔다. 그러더니 어이없어하는 아내의 면전에서 가정부에게 말했다.

"멜라니, 당신 월급을 오십 프랑 올려주겠소."

그는 감사의 말을 기다리지 않고 사무실로 돌아와서 자기 공책의 '선행' 칸에 이렇게 썼다.

'멜라니는 칠칠치 못한 가정부이지만, 나는 자발적으로 그녀의 월급을 50프랑 올려주었다.'

더이상 월급을 올려줄 사람이 없게 되자, 그는 도시의 빈민가로 가서 몇몇 가정을 방문했다. 그가 집 안으로 들어설 때마다 사람들은 두려움이 담긴 곱지 않은 눈길로 서먹서먹하게 그를 맞았다. 그러거나 말거나 그는 서둘러 그들을 안심시키고는 오십 프랑짜리 지폐를 놓고 나왔다.

은혜를 입은 사람들은 그가 나가고 나면 대개 돈을 호주머니에 챙겨넣으면서 이렇게 투덜거리곤 했다.

"도둑놈 같은 늙은이(또는 늙은 망나니, 또는 구두쇠 영감탱이), 우리가 거지인 줄 아나? 지가 적선하는 돈이 다 우리를 가난하게 만든 대가로 얻어진 것인지는 모르고."

말은 그렇게 해도 정작 그들의 태도에는 말리코른에 대한 생각이 달라지고 있음을 보여주는 조심스러움이 담겨 있었다.

다시 살아난 그날 하루 동안에만 말리코른은 자기 공책에 열두 가지의 선행을 기록했고 그 대가로 600프랑을 지출했다. 악행으로 기록될 만한 것은 단 한 건도 없었다. 그날 이후로도 가난한 가정에 돈을 나누어 주는 일은 계속되었다. 그는 하루에 평균적으로 열두 가지의 선행을 하기로 했다. 어쩌다 마음에 불안감이 엄습해올 때면 선행이 평균을 넘어 열대여섯 가지로 늘어나는 날도 있었다. 말리코른이 애써 참고 또 한번 인심을 쓴 덕에 부리슝의 월급은 다시 50프랑이 올랐다. 하지만 부리슝의 마음은 편치 않았다. 그런 느닷없는 배려에는 반드시 어떤 대가가 따르게 마련이라는 생각이 들었기 때문이다.

그토록 많은 선행이 사람들의 관심을 끌지 않을 리가 없었다. 말리코른이 선거에 입후보할 준비를 하고 있다는 소문이 항간에 나돌았다. 사람들은 그의 사람 됨됨이를 너무나 오래 전부터 알고 있던 터라, 그가 사리사욕을 떠나서 행동한다는 것을 받아들일 수 없었던 거였다. 그는 그런 소문 때문에 잠시 낙담했지만, 워낙 중요한 것이 걸려 있음을 생각해서 이내 마음을 추스르고 자선에 더욱 열을 올렸다. 그의 인심은 가난한 사람들에게 적선을 베푸는 것에 그치지 않았다. 그는 그 도시의 여성 자선단체와 본당의 주임신부, 여러 상조회, 소방대원 친목회, 동창회, 영향력 있는 인물이 회장으로 있는 종교 단체나 비종교 단체 등을 위해서도 기부를 하기로 했다. 그리하여 그는 넉 달 만에 자기 재산의 십분의 일을 지출하긴 했지만 그의 명성은 공고하게 확립되었다. 온 도시에서 그를 자선의 모범으로 삼았고, 그를 본받아 자선사업에 기부하려는 사람들이 도처에서 나오기 시작했다. 그 덕분에 자선 단체의 간부들은 진미가 흐드러진 속에서 기부자들이 감동적인 연설을 하는 향연을 자주 열 수 있었다. 말리코른의 선행이 정평을 얻음에 따라 처음에 그를 곱지 않은 눈길로 대했던 가난한 사람들도 더이상 감사의 말을 아끼지 않게 되었다. 사람들은 '말리코른처럼 착하다'는 말을 예사롭게 했다. 그 말을 별 생각 없이 '집달리처럼 착하다'로 바꾸어 말하는 경우도 점점 흔해졌다. 그 표현은 너무나 놀랍고 엉뚱해서 사정을 잘 모르는 사람들의 귀에는 다소 공격적인 농담으로 들릴 법했다.

이제 말리코른이 할 일은 선행을 계속하면서 그 명성을 유지하는 것뿐이었다. 그는 편안한 마음으로 하느님이 다시 불러주실 날을 기다렸다. 그가 여성 자선단체에 기부금을 내러 가면 그 단체의 회장인 생토뉘프르 여사는 상냥한 말씨로 이렇게 말하곤 했다.

"말리코른 씨, 당신은 성인이에요."

그때마다 그는 이런 식으로 겸손하게 되받았다.

"아니, 여사님, 성인이라니요. 당치도 않습니다. 성인이 되려면 아직 멀었지요."

알뜰한 살림꾼인 그의 아내는 그 모든 선행에 비용이 너무 많이 든다고 생각했다. 게다가 무슨 속셈으로 남편이 돈을 그렇게 펑펑 쓰는지를 짐작하고 있던 터라 어느 날은 노골적으로 불만을 토로했다.

"천국에 당신 자리를 마련하기 위해 아낌없이 돈을 쓰면서 내 자리를 위해서는 단 한 푼도 쓰지 않는군요. 그러고 보면 당신 참 이기적인 사람이에요."

말리코른은 그냥 사람들에게 주는 게 좋아서 주는 것뿐이라고 맥없이 항변했지만, 그런 신랄한 비난을 듣고 보니 마음이 영 편치 않았다. 그래서 그는 아내에게 천국에 가는 데에 필요하다면 얼마든지 돈을 써도 좋다고 인심을 썼다. 아내는 화를 내면서 그 관대한 제의를 거절했다. 그러자 그는 천만다행이라고 느끼며 자기도 모르게 안도의 숨을 쉬었다.

집달리는 자기의 선행을 계속 기록해나갔다. 그렇게 일 년이 지나자, 공책 여섯 권이 선행의 기록으로 가득 채워졌다. 그는 수시로 서랍에서 그 공책들을 꺼내어 들고 흐뭇한 마음으로 무게를 가늠해보곤 했다. 때로는 그것들을 천천히 넘겨보면서 시간을 보내기도 했다. 악행이 하나도 적혀 있지 않아 대부분 여백으로 남아 있는 칸 옆에 선행이 빽빽하게 기록되어 있는 페이지들을 훑어보고 있노라면 더할 나위 없이 마음이 든든해졌다. 말리코른은 천국에 갈 것을 예감하면서 그 든든한 증거물을 지닌 채 하느님의 법정에 출두할 날을 상상해보곤 했다.

어느 날 아침, 집달리가 어떤 실업자의 동산을 압류하고 나와 빈민가의 골목길을 걷고 있을 때의 일이었다. 그는 갑자기 어떤 불안감이 엄습해오는 것을 느꼈다. 그것은 어떤 구체적인 대상과 연관되지 않은 비통하고 우울한 불안감이었다. 그로서는 생전 처음 느껴보는 감정이었다. 조금 전까지만 해도 그는 두려움이나 헛된 연민 없이 자기 임무를 수행한 바 있고, 임무를 마치고 나서 그 실업자에게 50프랑짜리 지폐 한 장을 줄 때에도 전혀 마음의 동요를 느끼지 않았었다.

포테른 거리에 다다르자 그는 어떤 허름한 집으로 들어갔다. 그의 고객인 고르주랭 씨의 소유로 되어 있는 습하고 악취 나는 집이었다. 그는 여러 세입자들을 상대로 압류 명령을 집행했던 악연으로 그 집을 오래 전부터 드나들었고, 그 전날에도 약간의 적선을 하러 다녀간 바 있었다. 그가 거기에 다시 들른 것은 4층에 사는 사람들을 방문하는 일이 남아 있기 때문이었다. 벽이 끈적거리는 어두운 복도를 지나 세 개의 계단을 올라가자 묘한 빛이 새어드는 지붕밑 방이 나왔다. 꼭대기층인 사층을 밝혀주는 것이라곤 이중으로 물매진 지붕의 오목한 곳에 나 있는 천창뿐이었다. 말리코른은 계단을 올라온 탓에 조금 숨이 차서 잠시 걸음을 멈추고 층계참을 살펴보았다. 물매진 벽에 발라놓은 석회가 습기 때문에 부풀어오르고 군데군데 갈라져 있어서 그 틈으로 서까래나 널빤지의 시커멓게 썩은 나무가 마치 종기의 뿌리처럼 드러나 보였다. 천창 아래의 마룻바닥에는 쇠대야와 마포 조각 하나가 놓여 있었는데, 그 정도의 대비책으로는 빗물이 새어드는 것을 충분히 막을 수 없었는지 마룻바닥에 썩은 구멍이 숭숭하고 여기저기가 융단처럼 물렁해져 있었다. 좁고 어두운 층계참의 모습이나 거기에서 나는 역겨운 냄새는 말리코른을 놀라게 할 만한 것이 못 되었다. 집달리로 살아오면서 그런 것들은 다른 곳에서도 숱하게 경험했기 때문이었다. 하지만 예의 불안감은 더욱 아리아리하게 그의 마음을 파고들었다. 막연하던 불안감이 서서히 갈피를 잡아나가는 듯한 느낌이 들었다.

그때 층계참으로 문이 나 있는 두 셋집 중의 하나에서 아기 우는 소리가 들려왔다. 그는 소리가 어느 쪽에서 나는지 가늠할 수가 없어서 손이 가는 대로 두 문 중에서 하나를 골라 두드렸다.

그 셋집은 나란히 붙은 두 개의 방으로 이루어져 있었다. 방들은 복도만큼이나 좁았고, 벽에 난 유리문으로 서로 통하게 되어 있었다. 첫번째 방은 그 유리문을 통해서만 일광을 받기 때문에 층계참보다 더욱 어두웠다.

몸매가 날씬한 여인이 그를 맞아들였다. 아주 앳되어 보이지만 고단한 기색이 역력한 얼굴이었다. 두세 살쯤 된 아기가 그녀의 치맛자락에 매달려 있었다. 아기는 물기가 촉촉한 눈으로 방문객을 말끄러미 올려다보았다. 그 눈빛을 보자 말리코른의 마음에 드리워져 있던 그늘이 단박에 스러졌다.

그는 여인의 안내를 받아 두번째 방으로 들어갔다. 방 안에 갖춰놓은 가구라고는 가죽띠를 댄 싸구려 침대, 흰 목재로 된 작은 식탁과 의자 두 개, 창문 앞에 놓인 낡은 재봉틀이 전부였다. 그런 궁색한 살림살이는 이미 다른 곳에서 보았던 것과 전혀 다를 게 없었지만, 말리코른은 생전 처음으로 가난한 사람의 집에서 스스로 주눅이 드는 것을 느꼈다.

통상 그의 자선 방문은 아주 간단하게 이루어졌다. 선 채로 간단한 질문을 몇 마디 하고 판에 박은 격려의 말을 늘어놓은 다음, 돈을 주고 바로 나오기가 일쑤였다. 그런데 이번에는 자기가 왜 왔는지를 잘 모르겠다 싶었고, 지갑에서 돈을 꺼내는 것에도 더이상 생각이 미치지 않았다. 머릿속에서는 생각이 널을 뛰었고 입술에서는 말이 맴을 돌았다. 자기 직업이 집달리라는 점에 생각이 미치자 재봉질을 하며 근근이 살아가는 여자를 똑바로 바라보기가 민망했다. 한편 여자는 말리코른이 자비로운 사람이라는 평판을 오래 전부터 듣고 있었음에도 적잖이 겁을 먹고 있었다. 그나마 아기가 있어서 두 사람의 서먹한 대화가 겨우 이어졌다. 아기는 처음엔 낯을 가리다가 금방 친숙해져서 제 스스로 말리코른의 무릎에 올라왔다. 말리코른은 사탕을 가져왔으면 좋았겠다고 생각했다. 사탕이 어찌나 아쉽던지 울고 싶은 마음이 들 정도였다.

그때 갑자기 문 두드리는 소리가 들려왔다. 지팡이 같은 것으로 거칠게 두드리는 소리였다. 여인은 당황한 기색을 보이며 앞방으로 건너가더니 두 방 사이의 유리문을 닫았다.

"그래, 어쩔 거요?"

거드름이 잔뜩 밴 우렁찬 목소리가 들렸다. 말리코른은 그것이 고르주랭의 목소리임을 알아챘다.

"그래, 오늘은 되는 거요?"

집달리의 귀에는 여인의 대답이 똑똑치 않은 중얼거림으로 들렸지만, 그것이 무엇을 뜻하는지는 금세 짐작이 가고도 남았다. 고르주랭은 온 건물이 떠나갈 듯한 무시무시한 목소리로 고함을 치기 시작했다.

그 서슬에 아기가 기겁을 했다.

"아, 듣기 싫어! 이젠 신물이 난다고. 허튼 소리 집어치우고 돈이나 내요. 당장 내 돈을 달란 말이오. 자아, 당신이 모아놓은 돈이 어디에 있는지 내게 보여줘요. 그걸 봐야 되겠소."

다른 때 같으면 말리코른은 압류의 전문가로서 고르주랭의 태도에 감탄했을 것이다. 가난한 사람들에게서 집세를 받아내는 게 여간 험한 일이 아닌데 그 일을 그토록 극성스럽게 하고 있었으니 말이다. 하지만 이날 말리코른은 자기 품에 안겨 가슴을 두근거리고 있는 아기와 똑같은 감정을 느끼고 있었다.

고르주랭의 고함이 다시 들려왔다.

"자아, 돈을 내놔! 어서 달란 말이야! 못 주겠다면 집 안을 샅샅이 뒤져서라도 내가 찾아내고 말 거야."

집달리는 자리에서 일어나 아기를 의자에 내려놓고 앞방으로 건너갔다. 딱히 무슨 작정을 한 건 아니었다. 그를 본 고르주랭이 소리쳤다.

"이런! 그러잖아도 늑대 얘기를 하려던 참인데, 여기 늑대가 숲에서 나오셨군."

집달리가 명령조로 말했다.

"꺼져!"

고르주랭은 어안이 벙벙하여 눈을 동그랗게 뜨고 그를 바라보았다.

"꺼지란 말이야!"

"보아 하니, 당신 제정신이 아니구먼. 나 집주인이야. 당신이 누구 덕분에 먹고사는데 이래?"

아닌게아니라 말리코른은 제정신이 아니었는지, 고르주랭에게 달려들어 욕설을 퍼부으면서 그를 문 밖으로 떼밀어버렸다.

"집주인이면 다야? 이 더러운 자식아! 너같이 더러운 집주인들은 없애버려야 해. 집주인들을 타도하자! 집주인들을 타도하자!"

고르주랭은 말리코른이 정말 자기를 해칠까 두려워서 권총을 빼어들고 그를 겨누었다. 총성과 함께 말리코른은 작은 층계참에 널브러졌다. 쇠대야와 마포 조각 옆의 그 자리에서 그는 뻣뻣한 시체로 변해버렸다.

말리코른이 마지막 심판을 받으러 성 베드로 앞에 출두한 것은 마침 하느님이 법정에 들렀을 때였다.

하느님이 말리코른을 보며 말했다.

"아, 우리의 집달리가 다시 왔군. 그래, 그 동안 어떻게 처신했지?"

성 베드로가 말했다.

"이번엔 이 사람의 운명이 금방 결정될 것 같습니다."

"어디 그의 선행을 좀 볼까?"

"보고 자시고 할 게 없습니다. 선행이라고는 딱 하나밖에 없으니까요."

그러면서 성 베드로는 뜻 모를 미소를 지으며 집달리를 바라보았다. 집달리는 자기 공책에 기록된 모든 선행을 들어 이의를 제기하고 싶었다. 하지만 성 베드로는 그가 말할 틈을 주지 않았다.

"그래요. 선행이라곤 하나밖에 없습니다. 하지만 그건 아주 중요한 의미를 지닌 선행입니다. 이 사람은 자기가 집달리이면서도 '집주인들을 타도하자!'고 외쳤으니까요."

그 말에 하느님이 중얼거리셨다.

"그것 참 멋지군. 정말 멋있어."

"이 사람은 집주인의 잔혹함에 맞서 어떤 가난한 여자를 지켜주려다가 그 말을 두 번 외치고 죽음을 당했습니다."

하느님은 집달리의 놀라운 선행에 감탄하여 그를 축하하는 뜻으로 천사들에게 류트와 비올라와 오보에와 플라지올레토를 연주하라고 명령했다. 그런 다음 불우한 사람들과 부랑자, 거지, 억울하게 죽은 이들을 위해 마련된 하늘의 문을 활짝 열게 했다. 그리하여 집달리는 머리에 동그란 빛줄기를 받으며 아름다운 선율에 이끌려 천국 안으로 들어갔다.

역자 후기

'벽으로 드나드는 남자'의 부활을 꿈꾸며

1. 몽마르트르에는 마르셀 에메가 있다

몽마르트 언덕의 북서 사면에 있는 노르뱅 거리를 따라 내려가다 보면, 쥐노 대로와 만나는 사거리 한 모퉁이에 마르셀 에메 광장이 있다. 광장이라기보다는 노르뱅 거리의 어귀 한쪽이 조금 넓게 트였다고 말하는 편이 더 나을 듯한 이 작은 공터에 들어서면, 아주 특이한 동상이 눈에 들어온다. 사람 하나가 건물 벽에서 빠져나오고 있는 듯한 모습의 동상이다. 그런 형상으로 몽마르트르의 영원한 거주자이자 수호신이 된 그는 누구인가? 바로 마르셀 에메다. 그가 벽을 빠져나오고 있는 듯한 형상을 하고 있는 것은 「벽으로 드나드는 남자」라는 유명한 단편소설 때문이고, 동상이 그 자리에 있는 것은 그가 만년을 보낸 집이 바로 근처에 있기 때문이다. 에메는 1929년 장편소설『허기진 자들의 식탁』으로 르노도 상을 받고 작가로서 성공을 거두기 시작하자, 글쓰기에 전념할 것을 결심하고 이듬해에 몽마르트르에 자리를 잡는다. 그 뒤로 그는 계속 거기에 살면서 장편『초록빛 암말』(1933), 단편집『술래잡기 이야기』*(1934)와『벽으로 드나드는 남자』(1943) 등의 걸작으로 불후의 명성을 쌓았고, 1967년 죽음을 맞은 뒤에도 몽마르트르를 떠나지 않고 그곳의 생뱅상이라는 작은 묘지에 묻혔다.

에메가 살던 동네는 물론 피카소가 입체주의를 창시하던 시절의 몽마르트르, 젊은 화가와 시인들에게 영감을 주던 시절의 몽마르트르와는 달랐다. 예술가들이 떠난 자리로 관광객들과 자동차들이 몰려들었고, 예전에 가난한 예술가들에게 아주 싼값으로 식사를 제공하던 식당들은 관광객들을 상대로 음식값을 턱없이 올리는 바람에 정작 동네의 단골손님들은 더이상 들어갈 수 없는 곳이 되고 말았다. 그럼에도 불구하고 에메는 여전히 몽마르트를 사랑했다. 모든 이웃들이 친구처럼 어울려 사는 허물없는 분위기와 언덕배기를 산보하면서 시골풍의 자그마한 옛날 집들을 바라보는 소박한 기쁨 때문이었다. 파리 안에 있으면서도 시골의 순박함을 간직하고 있던 몽마르트르의 분위기는 에메 자신의 삶과도 닮은 점이 있다. 프랑스 백과사전『위니베르살리스』는 마르셀 에메에 관해 이렇게 설명하고 있다. "그는 언제나 예술가라기보다

---

* 원제는 Les Contes du chat perché. '높은 곳에 올라앉은 고양이'라는 뜻을 지닌〈샤 페르셰 chat perché〉는 프랑스 아이들이 하는 일종의 술래잡기 놀이이다. 최근에 이 책은 『세상을 바꾸는 아름다운 이야기』(전3권)라는 제목으로 우리나라에 소개되었다(최경희 역, 작가 정신, 2001).

는 장인으로서 자기 일을 바라보았다. 그에게는 장인의 진지함과 작업의 완성도에 대한 애착과 디테일에 대한 세심한 배려뿐만 아니라 장인의 겸손함도 있었다. 그는 명예와 사교계의 행사와 영광이라는 싸구려 장신구를 한사코 마다했다. 어떤 자들은 위대한 작가가 되겠다고 발악을 해도 위대함을 얻지 못하지만, 어떤 사람들은 일부러 그런 노력을 하지 않아도 장인 정신의 당연한 귀결로 자연스럽게 위대한 작가가 된다. 마르셀 에메가 바로 그런 사람이다." 에메가 자기 동네를 사랑했던 것이 그의 겸손하고 소박한 성정과 무관하지 않음을 보여주는 대목이다.

이제 『벽으로 드나드는 남자』를 읽는 이들은 몽마르트르를 예전과는 다른 눈으로 보게 될 것이다. 몽마르트르는 사크레 쾨르 대성당이나 입체파의 요람인 바토 라부아르나 전설적인 카바레 물랭 루즈가 있는 곳이기에 앞서, 마르셀 에메라는 위대한 작가가 있는 곳이다.

2. 현실과 환상을 넘나드는 비범한 상상력

마르셀 에메의 작품 세계에는 사실주의적인 것과 환상적인 것, 진지함과 장난스러움, 순박한 시골의 정서와 세련된 도회적 감성이 병존한다. 장편소설만 해도 열여덟 권이 되는 그의 많은 작품 가운데는 서로 반대되는 분위기와 성격을 지닌 것들도 적지 않다. 따라서 마르셀 에메의 진면목이 무엇인지, 그의 특성을 가장 잘 보여주는 작품이 어느 것인지를 말하는 것은 대단히 주관적인 일이 될 수밖에 없다. 하지만 작품의 사회적 수용이라는 관점에서는 에메를 에메답게 하는 특성에 대한 객관적인 논의가 가능할 수도 있다. 다시 말해서, 에메의 작품 가운데 대중의 가장 폭넓은 사랑을 받은 작품들을 놓고 어떤 공통점이 있는지를 살펴보면, 독자들이 받아들이는 에메의 가장 중요한 특성이 드러날 수도 있다는 애기다.

에메의 소설 중에서 출간 당시부터 오늘날까지 가장 널리 읽힌 것은 『술래잡기 이야기』, 『벽으로 드나드는 남자』에 실린 단편들과 장편 『초록빛 암말』이다. 이 작품들에 공통점이 있다면, 현실에 환상적인 요소를 끌어들이고 있다는 점, 그리고 골계와 반어와 역설을 대단히 효과적으로 구사하고 있다는 점이다. 특히 기발한 상상력을 바탕으로 현실과 비현실을 넘나드는 솜씨가 일품이다. 그런데, 그의 상상력이 빚어내는 비현실적 효과는 소설의 배경이 되는 세계의 현실성을 견실하게 유지한다는 점에서 아주 독창적이다. 마르셀 에메의 전형적인 독자들은 아마도 이런 점을 그의 가장 중요한 특성으로 꼽을 것이다. 프랑스의 여러 평론가나 연구자들도 문학 월간지 『마가진 리테레르』(1977년 5월의 마르셀 에메 특집호) 등을 통해 그와 비슷한 견해를 피력하고 있다. '두 세계를 넘나드는 이야기꾼', '현실적인 것과 상상적인 것의 기적적인 배합', '일상적인 것의 위조', '땅에 발을 굳게 디디고 있는 환상 문학', '역설적인 상식', '기이한 것을 통해 일상적인 것을 조정하기' 등등.

에메는 동시대의 다른 작가인 베르나노스나 사르트르나 말로처럼 인간의 고뇌와 불안을 다루고 인간 조건의 부조리에 주목하지만, 그들처럼 형이상학적인 방식으로 문제를 제기하지 않는다. 그는 현실에 환상적인 요소를 끌어들임으로써 그런 문제 제기를 대신한다. 그런 점에서 그는 호르헤 루이스 보르헤스나 이탈로 칼비노를 닮았다.

3. 짧은 이야기, 긴 여운

마르셀 에메는 짧은 이야기의 거장이다. 장편소설만을 진짜 소설로 여기고 단편이나 콩트는 그저 습작이나 장편의 맹아 정도로 여기는 프랑스의 문학 풍토에서, 짧은 이야기로 독자를 확보하고 대가의 명성을 쌓기란 결코 쉬운 일이 아니다. 그런 점에서 에메는 프랑스 문학의 한 분야를 빛내는 희귀한 보석이다. 19세기에 메리메와 모파상이 있었고, 20세기 후반기를 미셸 투르니에가 대표한다면, 에메는 20세기 전반기를 대표한다.

그는 단편소설 78편과 콩트* 18편을 모두 합쳐서 1백 편에 가까운 짧은 이야기를 발표했다. 작품의 양만 놓고 보더라도, 그 분야의 다산

---

* 프랑스 문학에서는 짧은 이야기를 누벨(nouvelle)이라 부를 때도 있고 콩트(conte)라 부를 때도 있다. 누벨은 주로 길이가 짧고 구성이 극적이며 인생의 단면을 그린다는 점에 초점을 두고 붙이는 이름이라면, 콩트는 주로 이야기의 환상적이거나 우의적인 성격을 강조하는 이름이라고 할 수 있다. 하지만 이 두 장르를 구별하는 기준이 분명하게 서 있는 것은 아니다. 에드거 앨런 포나 체홉의 단편소설들을 콩트라 부른다거나, 반대로 콩트라 명명하는 것이 더 어울릴 법한 르네상스 시대의 많은 이야기들을 누벨로 분류하고 있는 사정이 그 점을 말해준다. 여기에서 역자가 에메의 짧은 이야기들을 단편소설(누벨)과 콩트로 나누어 말한 것은 전적으로 에메 자신의 분류를 따른 것이다.

(多産) 작가인 모파상이나 폴 모랑이나 다니엘 불랑제에 필적한다. 하지만 마르셀 에메의 특별한 점은 그 다작에 있는 것이 아니라 그가 발전시킨 짧은 이야기의 미학에 있다. 단편문학의 옹호라는 기치를 내걸고 창간된 프랑스 문학지 『짧은 글(*Brèves*)』은 1986년 3월의 마르셀 에메 특집호에서, 오늘날의 단편 작가들에게 마르셀 에메가 얼마나 큰 영향을 미쳤는지를 강조하면서, 이렇게 덧붙이고 있다. "현대 프랑스 단편소설에는 특유의 분위기와 암묵적인 규칙과 전형적인 문체가 있다. 우리는 그 모든 것들에 대해 모파상보다는 마르셀 에메에게 더 많은 빚을 지고 있다고 확신한다."

그의 단편문학 작품은 저널리즘 활동과 긴밀한 관련을 맺고 있다. 그는 처녀작 『브륄부아』를 발표하고 3년이 지난 1929년부터 세상을 떠날 때까지 유명 일간지와 주간지에 정기적으로 시평(時評)을 기고하였다. 시대상을 정확하게 그리는 데에 주안점을 두고 있는 이 시평이라는 장르는 모든 사회적 현상에 대한 예리한 분석을 바탕으로 이루어진다. 마르셀 에메는 시평을 쓰기 위해 흥미로운 사건들이나 시대의 조류를 주의 깊게 살폈다. 이것은 인간을 관찰하고 세상에 대해 성찰하는 더없이 좋은 기회였다. 또한 신문 기사는 그에게 소설을 구상하고 나중에 작품에서 활용할 만한 장면들을 스케치하는 기회를 제공하기도 했다. 선배 작가 모파상이 그랬듯이, 마르셀 에메는 저널리스트로 활동하면서 얻은 시대에 대한 통찰과 절제의 미학을 대단히 효과적으로 활용했다.

현실을 정면으로 바라보되 항상 일정한 거리를 유지하는 냉철하고 객관적인 시선, 현실의 추악함과 우스꽝스러움에 대한 절제된 풍자와 아이러니, 거기에 현실을 전혀 다른 각도에서 바라보게 하는 기이하고 환상적인 요소가 더해짐으로써, 마르셀 에메의 짧은 이야기들은 언제나 우리에게 긴 여운을 남긴다.

4. 어른을 위한 동화, 어른을 위한 기담(奇譚)

마르셀 에메는 동화와 기담의 열렬한 예찬자이기도 하다. 그는 샤를 페로의 동화집에 실린 서문에서 「장화 신은 고양이」를 프랑스 문학의 최고봉에 속하는 작품이라 격찬한 바 있고, 안데르센 동화의 프랑스어판에 서문을 쓰기도 했다.

그는 초자연적이고 환상적인 이야기들이 단지 아이들만을 위한 것이라고 생각하지 않았다. 1946년 『프랑스의 환희』라는 잡지의 크리스마스 호에 발표한 「동심과 경이」라는 기사에서 그는 이런 말을 하고 있다. "사람들은 경이의 세계로 들어가는 것을 아이들이나 하는 일로 여기기가 십상이다. 아이들이 자라서 어른이 되면 현실과 단절하는 능력을 잃게 된다고 흔히들 생각한다. 그러나 사실은 그렇지 않다. 어른들 역시 경이로운 것을 대단히 좋아하는 경향을 보인다. 기담은 어른들을 괴롭히는 어떤 형이상학적인 불안에 대해 때로는 친절하고 때로는 비통한 해답을 제공해준다."

5. 이 책에 이야기 다섯 편이 실린 사정

마르셀 에메의 짧은 이야기들은 대개 신문에 먼저 발표되었다가 나중에 책으로 묶여 나오곤 했다. 이 책에 실린 이야기 중에서「생존 시간 카드」는『라 제르브』(1942년 4월 2일)에 실렸던 것이고,「속담」과「천국에 간 집달리」는『캉디드』(1939년 11월 15일과 1941년 1월 1일)에 발표되었던 작품이다. 나머지 두 작품, 곧「벽으로 드나드는 남자」와「칠십 리 장화」는 신문에 미리 발표되지 않고 바로 책에 실렸다. 이 다섯 편은 모두 한 작품집에 실려 있다. 에메는「벽으로 드나드는 남자」를 가장 중요한 작품으로 여겼는지, 그것을 작품집의 제목으로 삼았다. 이 작품집에는 모두 열 편의 단편이 들어 있는데, 우리는 프랑스 갈리마르 출판사와의 계약을 통해 그중에서 다섯 편만을 골라 한 권의 책으로 묶기로 했다. 애초의 기획 과정에서는 여섯 편이 선정되었지만,「사빈느」라는 작품은 이미 다른 출판사에 번역권이 넘어가 있는 상황이라서 이 책에 실을 수가 없었다. 나머지 네 작품 역시 수작들이지만, 독일 점령기의 프랑스 사회라는 배경이 우리 독자들과는 다소 거리가 있다거나 다른 작품과 주제가 중복된다는 등의 작품 외적 이유로 배제되었다. 열 편을 다 읽고 싶어하는 독자들에게는 매우 죄송한 일이지만, 애초에 이 작품들이 따로따로 발표되었던 점을 감안하여 너그럽게 양해해주시기를 바란다.

우리가 다섯 작품의 번역을 계약하고 난 뒤에, 마르셀 에메를 열렬히 좋아하는 한 번역가가 마르셀 에메 선집을 기획하고 계약을 시도했던 모양이다. 그는『벽으로 드나드는 남자』가 이미 계약된 것을 알고, 너무나 아쉽고 분하여 한동안 잠을 제대로 이루지 못할 만큼 속을 끓였다고 한다. 나는 이 후기를 쓸 무렵에야 그와 전화 통화를 하면서 그런 딱한 일이 있었음을 알았다. 그는 나보다 마르셀 에메를 훨씬 더 좋아하는 사람인 듯하다. 나는 본의 아니게 그의 온전한 사랑을 방해한 죄인이 되고 말았다. 『벽으로 드나드는 남자』를 제외한 다른 작품을 통해서 마르셀 에메에 대한 그의 사랑이 활짝 피어나기를 기원한다.

6. 각주로 설명하기엔 너무 긴 정보, 또는 암호 해독

1 제목에 담긴 사연

「벽으로 드나드는 남자」의 원제는 '르 파스 뮈라유(Le passe-muraille)'다. 통과하다라는 뜻의 동사 '파세(passer)'와 장벽을 뜻하는 명사 '뮈라유(muraille)'를 합쳐서 만든 말이다. 원래 있던 것이 아니라 마르셀 에메가 처음 만든 말이지만, 이 소설의 명성에 힘입어 보통명사처럼 친숙해지고 다른 작가의 소설에도 이따금 등장하는 단어가 되었다. 한 단어처럼 되어버린 이 합성명사에 해당하는 우리말은 없다. 그렇다면, 이 말을 어떻게 풀어서 옮겨야 할까? 이 후기를 쓰면서 역자가 조사한 바에 따르면, 이 단편소설이 우리나라에 처음 소개된 것은 1960년 8월 박이문 선생님의 번역을 통해서였다. 『새벽』이라는 잡지에 발표된 이 번역 작품의 제목은 「벽을 드나드는 사람」이었다. 40년이 지난 뒤에 이 작품의 번역을 새로이 맡은 역자가 제목을 놓고 고심하던 끝에 떠올린 말

역시 '드나들다'이다. 이건 우연이었을까? 또, 조사 '을'이 '으로'로 바뀌고 '사람'이 '남자'로 바뀐 것은 의미 있는 변화일까, 아니면 사소한 기호(嗜好)의 차이일까?

「칠십 리 장화」는 프랑스 작가 페로의 유명한 동화「엄지동자」에 나오는 장화 이름이다. 앞서 보았듯이, 에메는 페로의 동화를 높이 평가했고, 그의 동화집에 서문을 쓰기도 했다. 에메의「칠십 리 장화」라는 소설은「엄지동자」의 몽환적 세계를 되살릴 의도로 씌어진 것이 분명하다. 하지만 그는 원작과 상당한 거리를 두었고 주제에 변형을 가했다. 제목의 변화에서부터 그런 의도가 미묘하게 드러난다. 엄지동자라는 원제를 없애고 뒷전에 있던 칠십 리 장화를 부각시킴으로써 관심의 초점을 주체에서 객체로 옮겨간 것이 의미심장하다.

2 인명의 비밀

가루가루

가루가루는「벽으로 드나드는 남자」의 주인공 뒤티유월이 도둑질을 할 때 사용한 가명이다. 이 이름은 늑대인간을 뜻하는 '루가루(loup-garou)'에서 늑대를 뜻하는 앞의 '루'를 떼어내고 '가루'를 두 번 겹쳐서 만든 말이다. 『벽으로 드나드는 남자』의 탁월한 해석자 알랭 쥐야르* 덕분에 역자는 이 가명이 마르셀 에메의 해학이 담긴 불후의 명

---

* 알랭 쥐야르, 『마르셀 에메의 '벽으로 드나드는 남자' 해설』, 폴리오테크 총서, 갈리마르, 1995. 이하의 정보들 역시 알랭 쥐야르의 해설에 바탕을 둔 것임.

명에 속한다는 사실을 깨달았다. 쌀가루, 콩가루 할 때의 '가루'라는 우리말에 신경이 쓰여서 역자는 하마터면 이 멋진 이름을 그대로 살리지 않고 '늑대인간'이라는 밍밍한 보통명사로 옮길 뻔했다. 루가루에서 루가 떨어져 나가고 가루만 남게 되면, 늑대인간이라는 의미가 약화되고 가루라는 소리 자체가 부각된다. 여기에 같은 소리를 겹쳐 가루가루라는 말을 만들면, 의미론적 효과가 어떻게 달라질까? 프랑스어를 사용하는 사람들은 우선 '조심! 조심!'이라는 뜻의 '가르(Gare)! 가르!'라는 말을 떠올릴 것이다. 사람이나 물건이 지나갈 수 있도록 비켜서라고 이르거나 어떤 충돌을 피하도록 경고할 때 쓰는 감탄사이다. 또 어떤 프랑스인들은 까까(똥)나 삐삐(오줌)처럼 음절을 겹쳐서 만드는 유아들의 말을 떠올리면서 웃음을 지을지도 모른다. 알랭 쥐야르는 이 이름과 관련해서 아주 설득력 있는 해석을 제시한다. 작품의 배경이 되는 시대의 사정을 훤히 알고 있어야만 나올 수 있는 해석이다. 19세기 말에서 20세기 전반기에 이르기까지 파리의 카바레에서 노래하던 인기 가수들 중에는 같은 이름을 겹쳐서 만든 예명을 쓰는 사람들이 많았다고 한다. 유명한 샹송 가수 노엘노엘처럼 말이다. 그렇다면, 에메는 뒤티유월에게 가루가루라는 가명을 지어줌으로써 그가 곧 만인의 우상이 될 것임을 예고하려고 했던 것이 아닐까?

물론 우리말로 소리만 베낀 '가루가루'에 프랑스어의 그런 의미론적 가치들이 그대로 옮겨질 수는 없다. 그런 점에서 가루가루나 늑대인간이나 오십보 백보가 아니냐고 생각할 독자들도 있을 것이다. 하지만 나는 늑대인간의 복잡한 내포보다는 가루가루의 텅 빈 익살스러움이 좋다. 어쨌든, 가루가루는 죽을 뻔하다가 살아났다.

가루가루와 뤼팽과 빨간 분필

뒤티유욀은 자기 가명에서 늑대라는 의미가 사라질까 저어한 탓인지, 딱 한 차례 늑대인간이라는 말을 함으로써 가루가루와 늑대를 연관시킨다. 이것은 어떤 효과를 노린 것일까? 곧 대도(大盜)의 명성을 얻게 될 가루가루에게는 어떤 전설적인 후광이 필요했을 것이다. 늑대가 그 후광을 제공해줄까? 그렇다. 어떻게? 괴도(怪盜) 아르센 뤼팽을 통해서다. 뤼팽(Lupin)이라는 이름은 라틴어 루푸스(lupus)에서 나왔고, 루푸스는 바로 늑대라는 뜻이다. 은행과 부잣집을 귀신같이 털고는 유유히 사라지는 가루가루, 그는 모리스 르블랑이 창조한 전설적인 도둑 뤼팽의 모습을 닮지 않았는가?

그런데, 왜 가루가루는 범죄 현장에 빨간 분필로 자기 이름을 써놓고 사라지는가? 왜 하필이면 빨간색인가? 알랭 쥐야르의 해석은 이렇다. 빨간색은 불어로 '루즈(rouge)'라고 한다. '가루(Garou)'의 철자를 바꾸어보면, '루즈'와 거의 비슷한 'ROUGa'라는 단어를 얻게 된다. 이른바 아나그람이라는 언어유희다. 이런 해석을 대하면, 아는 게 병이 아니라 아는 게 재미라는 생각이 든다.

벽에 갇힌 가루가루를 위해 노래하는 화가 젠 폴

이 한국어판의 삽화를 그린 선종훈은 역자의 오래된 지기이다. 번역이 끝난 뒤에 우리는 원고를 함께 읽으면서 오랫동안 대화를 나누었다.

대화중에 선종훈은 「벽으로 드나드는 남자」에 나오는 화가 젠 폴이 실존 인물인지 알고 싶어했다. 화가 눈에는 화가만 보였던 모양이다. 우리가 조사해본 결과, 젠 폴은 실존 인물이었다. 본명은 외젠 폴이고, 1895년 몽마르트르의 서민 가정에서 태어나 독학으로 화가가 되었으며, 1975년 사망할 때까지 몽마르트르에서 살았다. 고야의 예찬자였고 표현주의에 대단히 가까운 그림을 그렸으며 마르셀 에메의 절친한 친구였다.

뒤티유욀을 가루가루로 변하게 만든 상관 레퀴예

뒤티유욀은 새로 부임한 과장으로부터 괴로움을 당하지 않았더라면, 자기의 기이한 능력을 잊고 살았을 것이다. 이 고약한 과장의 이름 레퀴예는 몽마르트르에 있는 거리 이름에서 차용한 것이다. 레퀴예는 라메 거리와 직각으로 만나는 작은 거리다. 에메는 악역을 맡은 인물에게 왜 그 거리의 이름을 붙였을까? 그는 몽마르트르의 북서쪽 사면에 살았다. 레퀴예 거리는 동쪽 사면에 있다. 에메의 작품에서 몽마르트르의 동쪽 사면에 있는 장소들은 언제나 부정적인 의미를 지닌다. 에메 특유의 익살이다.

작가 쥘 플레그몽

「생존 시간 카드」는 작가 쥘 플레그몽의 일기 형식으로 되어 있다. 이 작가의 이름 '쥘'은 일기로 유명한 작가 쥘 드 공쿠르와 쥘 르나르를 빗댄 것이다. 성 '플레그몽(Flegmon)'은 '플레금(Flegme)'의 앞부분과 'Edmond'의 뒷부분을 합쳐서 만든 것이라는 해석이 그럴듯하다.

고대 의학에서 점액을 가리켰던 플레금은 냉정하고 침착한 태도를 뜻한다. 사회의 희극적인 상황에 환멸을 느낀 관찰자의 냉정한 시선을 연상시키는 말이다. 에드몽의 '몽'은 작가 에드몽 드 공쿠르를 암시한 것이라고 한다. 다른 해석도 가능하다. '플레그몽'은 발음이 똑같은 'Phlegmon'이라는 단어가 있다. 급성 결체(結締) 조직염이라고도 하고 봉와직염(蜂窩織炎)이라고도 하는 화농성 염증을 가리키는 의학용어이다. 병명을 사람의 성으로 쓴다는 게 좀 기이하긴 하지만 말이다.

생존 시간 카드를 받으려고 줄을 서 있는 사람들 속에 끼인 탱탱

쥘 플레그몽은 파리 18구청으로 생존 시간 카드를 발급 받으러 갔다가, 줄을 서서 기다리는 사람들 속에서 몽마르트르의 벗들을 만난다. 글을 쓰거나 그림을 그리는 셀린, 젠 폴, 다라녜스, 포슈아, 수포, 탱탱, 데스파르베스 등이 그들이다. 탱탱을 제외하면, 이들은 모두 에메와 친하게 지냈던 작가나 화가이다. 그럼 탱탱은 누구인가? 벨기에의 만화가 에르제가 1929년에 창조하여 세계적인 명성을 얻은 모험만화 연작의 주인공이다. 단편집『벽으로 드나드는 남자』가 출간된 1943년은 탱탱이 주인공으로 나오는『황금 집게발이 달린 게』와『램햄의 보물』이 칼라 판으로 출간된 해이기도 하다. 이 칼라 판의 출간은 오늘날 유럽의 청소년들이 알고 있는 탱탱의 출생 신고에 해당한다. 마르셀 에메는 에르제의 천재성에 칭찬을 아끼지 않았고, 누구보다 탱탱을 좋아했다. 따라서 그로서는 탱탱이 자기 벗들 속에 끼여 있는 장면을 상상하는 데에 아무런 거북함도 느끼지 않았을 것이다.

쥘 플레그몽의 친구 말레프루아와 페뤼크와 들라본 주교

「생존 시간 카드」에 나오는 인물 가운데 완전 생존 자격을 소지했다는 이유로 거들먹거리면서 쥘 플레그몽의 염장을 지르는 친구가 있다. 겉으로는 친구를 돕는 척하지만, 속셈을 감추고 친구를 속이는 못된 인물이다. 이 자의 이름 말레프루아는 '악'을 뜻하는 '말(mal)'과 '공포'를 뜻하는 '에프루아(effroi)'를 합친 것이다. 그런가 하면, 자아도취와 위선과 심술의 화신인 아카데미 회원의 이름 페뤼크는 '가발' 혹은 '고리타분한 생각에 젖은 늙다리'라는 뜻이고, 또 다른 완전 생존 자격 보유자 들라본 주교는 '복음'을 뜻하는 '라 본 누벨(la Bonne Nouvelle)'이나 '라 본 파롤(la bonne parole)'을 연상시킨다. 모두가 풍자적인 의도를 분명히 담고 있는 이름들이다.

3 뒤티유월이 먹은 신비로운 알약의 정체

뒤티유월은 벽을 통해 자유롭게 드나드는 이상한 능력이 자기에게 있음을 알게 되자, 무슨 병이 생겼나 싶어 동네의 의사를 찾아간다. 이 의사는 그 분야의 전문가도 아닌 주제에 신통하게도 '갑상선 협부 상피의 나선형 경화'라는 기이한 진단을 내리고, 쌀가루와 켄타우로스 호르몬의 혼합물인 '4가 피레트 분(粉) 정제'를 처방한다. 이 4가 피레트 분이라는 것은 무엇일까? 켄타우로스는 그리스 신화에 나오는 야만족의 이름이다. 머리부터 허리까지는 사람이고 나머지는 말처럼 생긴 괴물이었으나 인간과의 교류가 허용되었다고 전한다. 이들은 성정이 난폭하고 색을 지나치게 밝혔다. 아킬레우스의 스승이었던 케이론도

켄타우로스 족에 속한 괴물이었지만 그런 현자는 예외적인 경우였다. 켄타우로스 족은 라피테스 족의 왕 페이리토스의 혼인식에 초대받고 갔다가, 신부와 다른 여자들을 겁탈하는 만행을 저질렀다. 그 때문에 두 종족간에 싸움이 벌어졌고, 싸움에서 진 켄타우로스 족은 자기들의 삶의 터전에서 쫓겨나는 신세가 되었다. 전설에 나오는 이 괴물들의 호로몬은 구할 길이 없다. 따라서 4가 피레트라는 것은 4가(tétravalente)라는 화학적 분식에도 불구하고 순전한 가공의 산물임이 분명하다. 그렇다면, 피레트(pirette)라는 말은 어디에서 왔을까? 프랑스어에는 이런 단어가 없으니 다른 언어의 숲을 뒤져보자. 켄타우로스라는 이름 때문에 그리스어의 숲에 피레트의 어원이 숨어 있을 것 같은 생각이 든다. 피레트라는 발음으로 불어화될 수 있는 그리스어 단어는 피레토스나 퓌레토스가 있을 것이다. 그런데 피레토스라는 말은 없고 퓌레토스가 있다. 퓌레토스($\pi\upsilon\rho\varepsilon\tau o\varsigma$)? 아, 이건 '고열, 신열, 활력, 에너지'를 뜻하는 말이다. 그렇다면, 몸을 혹사하여 체력을 소모하고 4가 피레트 분을 복용하라는 의사의 두 가지 처방은 결국 하나인 셈이다. 기력이 소진하도록 무언가에 정열을 불태우면, 벽을 뚫고 지나가는 비(非)물질화의 능력이 사라지리라는 것이다. 그렇다면, 이 세상에 죽음을 각오하고 온 정열을 다 바칠 만한 일이 뭐가 있을까? 에메는 그것이 사랑이라고 생각했던 것일까? 이상은 역자의 암호 해독일 뿐이다. 다른 해독의 가능성도 얼마든지 있을 것이다.

4 영화로 각색된 마르셀 에메의 작품들

이 책에 실려 있는 이야기들 중에서 영화로 각색된 것이 세 편 있다. 가장 먼저 각색의 대상이 된 것은 물론 「벽으로 드나드는 남자」이다. 마르셀 에메의 작품을 영화로 만들겠다는 생각을 가진 감독이라면 누구나 이 작품을 먼저 검토할 게 분명하다. 이 영화는 1951년에 '벽으로 드나드는 남자 가루가루'라는 제목으로 나왔다. 감독은 장 부아예였고, 각색은 전후 프랑스 영화계에서 가장 주목받던 시나리오 작가 중의 하나였던 미셸 오디아르가 맡았다.

다음으로 나온 것은 「칠십 리 장화」(1971년)이다. 프랑수아 마르탱과 프랑수아 슈발리에가 공동으로 각색하고, 프랑수아 마르탱이 감독한 이 영화는 많은 부분에서 원작과 다르게 각색되었다. 원작에서는 시대적 배경을 모호하게 처리하고 있는데, 이 영화의 줄거리는 1943년을 배경으로 전개되고 있으며, 아이들은 용감하게도 독일군 순찰대에 맞서 싸우는 것으로 나온다. 「칠십 리 장화」는 다시 텔레비전 영화로 제작되어 1990년 12월 당시의 프랑스 국영방송 '앙텐 2'를 통해 방영되었다.

「천국에 간 집달리」 역시 텔레비전 영화로 만들어졌다. 감독은 피에르 체르니아가 맡았다.

7. 마르셀 에메 약전

어린 시절과 청소년기(1902~1922)

1902 프랑스 중동부 욘 도(道)에 있는 주아니에서 출생. 마르셀 에메의 아버지는 동부의 쥐라 도에 있는 빌레르 로베르 출신이지만 기병대 하사관으로 이곳에 배속되어 있었다. 마르셀은 여섯 남매 중의 막내다.

1904 마르셀 에메의 어머니 사망. 아버지는 어린 아들 마르셀을 빌레르 로베르에 있는 아이의 외가에 맡긴다. 이 외가는 프랑슈 콩테 지방의 전형적인 중산 가정으로 다소 급진적이고 반(反)교권주의적 경향을 지니고 있다(그럼에도 마르셀은 1909년 외할아버지가 사망한 뒤에 돌르에서 영세를 받게 된다).

1905 마을의 초등학교에 입학.

1910 돌르 중학교에 기숙생으로 입학.

1913 인도차이나에서 군복무중이던 맏형의 죽음으로 깊은 슬픔을 느낌.

1918 이공계 대입자격시험에 합격.

1919 기숙 장학금을 받아 브장송 고교의 이공계 명문 그랑제콜 준비반에 진학. 근(筋) 질환으로 추정되는 병이 위중하여 학업 중단. 마르셀 에메는 몸이 허약하여 이후로도 자주 병마에 시달리곤 한다.

1922 프랑스군이 점령한 독일 지역의 라인강 부대에서 운전병으로 복무.

작가 생활 초기(1923~1933)

1923 파리 생활 시작. 의과대학에 등록하였으나 학업에 의욕을 느끼지 못하고 시간을 허송한다. 그 뒤로 영화 단역 배우, 장돌뱅이의 바람잡이, 가정 생활 쓰레기 수거 회사의 인부, 백화점 매장 관리인, 보험업자, 은행원, 통신사 기자 등으로 전전한다. 주변인으로서의 이 다채로운 경험은 나중에 그의 시평과 소설에 풍부한 자양을 제공하게 된다.

1925 병이 재발하여 쥐라 도의 돌르에 가서 휴양한다. 누나 카미유으로부터 글을 쓰라는 권고를 받는다. 장편 『브뢸부아』를 쓰기 시작한다.

1926 처녀작 『브뢸부아』를 푸아티에에 있는 '카예 드 프랑스' 출판사에서 출간. 이 소설로 문인협회 문학상을 받는다. 에메는 이내 경(輕)장편 『왕복』의 집필에 착수한다.

1927 『왕복』 출간. 돌르에서 일자리를 찾으려 했으나 뜻을 이루지 못하고 파리에 다시 자리를 잡는다. 신문기자가 되려고 노력함. 경제난에 허덕임. 돌르에 자주 가서 머뭄.

1928 장편 『악마의 쌍둥이형제』를 출간하였으나 평론가들로부터 호평을 받지 못함. 증권거래소에 근무.

1929 장편 『허기진 자들의 식탁』 출간. 파리 무역회사에 근무. 12월에 『허기진 자들의 식탁』으로 르노도 상 수상. 명성과 성공의 시작.

1930 몽마르트르로 이사. 6월에 『이름 없는 거리』를 출간하여 12월

에 민중문학상 수상.
1931 마리 앙투아네트 아르노와 결혼. 장편 『악동』 출간.
1932 장편 『이미지들이 있는 우물』 출간. 『그랭구아르』지에 정기적으로 시평을 기고하기 시작함.
1933 갈리마르 출판사에서 창간한 신문 『마리안』에 정기적으로 기고. 장편 『초록빛 암말』을 출간하여 큰 성공을 거두고 경제적인 문제로부터 해방됨.

원숙기(1933~1943)
마르셀 에메는 저널리즘 활동을 계속하면서, 그의 소설작품 중 최고의 걸작이라 평가받는 작품들을 꾸준히 출간한다. 그는 2차 세계대전 기간 내내 몽마르트르에 살면서, 일군의 작가 및 화가들과 교류한다.
1934 콩트집 『술래잡기 이야기』의 첫번째 시리즈 출간(이 작품집은 1950년과 1958년 두 차례에 걸쳐 증보된다).
1941 장편 『트라블랭그』 출간.
1943 단편집 『벽으로 드나드는 남자』, 장편 『뱀』 출간.

연극 시대(1944~1967)
전후에 마르셀 에메는 장편소설 몇 권과 한 편의 단편집을 더 출간한다. 하지만 희곡 '바람 부는 대로 물결치는 대로'에 대한 호의적인 반응에 힘입어 연극에 전념하기로 결심한다. 이후 몇

편의 희곡을 무대에 올려 크게 성공을 거둔다. 이제 신문에는 거의 시평을 기고하지 않게 된다.

마르셀 에메는 1967년 10월 14일에 사망하여, 몽마르트르의 생 뱅상이라는 작은 묘지에 묻혔다.

문학동네 세계문학
벽으로 드나드는 남자

1판 1쇄 2002년 3월 30일 | 1판 29쇄 2023년 2월 27일

지은이 마르셀 에메 | 옮긴이 이세욱
책임편집 김철식 최혜진 | 저작권 박지영 형소진 이영은
마케팅 정민호 이숙재 김도윤 한민아 이민경 안남영 김수현 왕지경 황승현 김혜원
브랜딩 함유지 함근아 박민재 김희숙 고보미 정승민
제작 강신은 김동욱 임현식 | 제작처 한영문화사(인쇄) 경일제책사(제본)

펴낸곳 (주)문학동네 | 펴낸이 김소영
출판등록 1993년 10월 22일 제2003-000045호
주소 10881 경기도 파주시 회동길 210
전자우편 editor@munhak.com | 대표전화 031) 955-8888 | 팩스 031) 955-8855
문의전화 031) 955-1927(마케팅) 031) 955-2634(편집)
문학동네카페 http://cafe.naver.com/mhdn
인스타그램 @munhakdongne | 트위터 @munhakdongne
북클럽문학동네 http://bookclubmunhak.com

ISBN 89-8281-487-6 03860

잘못된 책은 구입하신 서점에서 교환해드립니다.
기타 교환 문의 031) 955-2661, 3580

www.munhak.com